J0025

Goldmann Science Fiction

Von Edmund Cooper
sind außerdem im Goldmann Verlag lieferbar:

Der Wolkengänger. 23276
Die übersinnliche Waffe. 23288
Die Söhne des Alls. 23321
Die Herren des Kosmos. 23325
Aufstand der Roboter. 23328

EDMUND COOPER

Erreger P 939

KRONK

Science Fiction-Roman

Deutsche
Erstveröffentlichung

Wilhelm Goldmann Verlag

Aus dem Englischen übertragen von
Heinz Nagel

Herausgegeben von Dr. Herbert W. Franke

Made in Germany · 1/80 · 1. Auflage · 1112

Umschlagentwurf: Atelier Adolf & Angelika Bachmann, München
Umschlagillustration: Jürgen F. Rogner, München
Gesamtherstellung: Mohndruck Graphische Betriebe GmbH, Gütersloh
Verlagsnummer: 23336
Lektorat: Helmut Putz/Melanie Berens
Herstellung: Lothar Hofmann
ISBN 3-442-23336-4

I

Bewaffnet mit einer Halb-Liter-Flasche britischen Wodkas, zwei Plastikbechern und beseelt von der festen Überzeugung, daß Selbstmord ein angemessener Abschluß seiner nicht stattgefundenen künstlerischen Karriere sein würde, saß Gabriel Crome auf den Stufen des Albert Memorial und fühlte sich elend.

Er hatte sich von all den Wahrzeichen der Stadt, die er liebte, verabschiedet. Das Albert Memorial war davon das scheußlichste und deshalb auch das attraktivste und somit das letzte.

Es war stets das letzte, denn Gabriel bekam diesen Selbstmordtick mit derselben Regelmäßigkeit, mit der eine gesunde, zum Kinderkriegen befähigte Frau der Ovulation unterworfen ist. Er erkannte die Symptome: Kopfschmerzen, Angespanntsein und einen alles überwältigenden Drang, sich aus dem unappetitlichen Kreislauf der Existenz zurückzuziehen. Eines Tages, so sagte er sich selbst niedergeschlagen, würde das Ei der Verzweiflung tatsächlich von seinem auf es zustrebenden Todeswunsch befruchtet werden. Und dann würde Dunkelheit über dem seichten Gewässer liegen.

Bis dahin gab es den Wodka, das Ritual, die Angst und den Raben. Er wußte nicht, ob der Rabe ein ständiger Bewohner des Monuments war, eine Inkarnation von Prinz Albert oder vielleicht nur der Hausgeist aller Pseudo-Selbstmörder. Er wußte nur, daß er stets zur Stelle war.

In jüngster Zeit hatte Gabriel es sich angewöhnt, zwei Plastikbecher zum Albert Memorial mitzunehmen. Er konnte sich nicht mehr daran erinnern, wann er angefangen hatte, den Raben zu korrumpieren, aber jetzt jedenfalls war der Vogel auf dem besten Wege, Alkoholiker zu werden.

»*Salut*«, sagte Gabriel. »Ein Nicht-Tod ist ebenso unbefriedigend wie ein Nicht-Leben, findest du nicht? Ich werde mich jetzt gleich – nicht völlig aller Hoffnung bar – zur Waterloo Bridge begeben, um zu sehen, ob mein Glück sich gewandelt hat. Unterdessen aber, Unglücksrabe, laß uns den Saft trinken, der der Stumpfheit das Stumpfe nimmt.« Er rülpste und schüttete Wodka in die Plastikbecher.

Der Rabe näherte sich vorsichtig. Er hatte sich an Gabriels Tiraden gewöhnt. Manchmal neigte Gabriel auch zu plötzlichen Gesten, die den Raben beunruhigten. Aber der Vogel hatte keine große Auswahl an Trinkgefährten. Gabriel hatte ihn nicht nur korrumpiert, sondern war auch sein einziger Lieferant.

»Ha, Vogel«, herrschte Gabriel ihn an, »du glaubst wohl, ich bin schon blau?«

Der Rabe enthielt sich jeglicher Bemerkung. Er tauchte seinen Schnabel in den Wodka, warf den Kopf in den Nacken wie ein geborener Russe und schluckte, wobei er den Schnabel einige Male öffnete und schloß, als wollte er damit die menschliche Gewohnheit des Mit-den-Lippen-Schmatzens nachahmen.

»Du hast recht, kleiner Bruder«, fuhr Gabriel fort. »Ich bin blau. Tatsächlich bin ich – beim heiligen Ringo – dir einen Liter voraus. Im übrigen beabsichtige ich, diesen Vorsprung auch zu halten . . . Es gibt einen Abgrund zwischen uns, kleiner Bruder, einen Abgrund, der eine Million Jahre breit und hundert Alkoholprozente tief ist. Ich habe eine Seele, du hast keine. Alles, was du hast, sind armselige Federn, schiere Subjektivität und eine Psyche, die nicht einmal imstande ist, das Mañana zu betrachten . . . Das ist ja der Jammer, Vögelchen. Ich kann ans Morgen denken. Ich kann mich sogar an gestern erinnern. Deshalb wünsche ich auch, ich wäre tot.«

In Gabriels Augen standen Tränen; aber er war noch nicht benebelt genug, um sie auch vergießen zu wollen.

»Was bist du, du Vogelbastard?« fragte er aggressiv.

Der Rabe gab keine Antwort, er war zu sehr mit Trinken beschäftigt.

Also beantwortete Gabriel sich die Frage selbst: »Du bist nichts als ein Vogelbastard, während ich, Gabriel Crome, Angehöriger dieser Gemeinde, nachweislich ein Mensch bin. Womit ich sagen will: ehrgeizig; womit ich sagen will: frustriert. Ich denke, deshalb wünsche ich meine Existenz zu beenden. Die Welt ist meine Auster – aber ich weiß nicht, wie man Austern öffnet. Großer Witz.«

Der Rabe trank wieder. Dann taumelte er ein wenig und gab einen Laut von sich. Er sagte ganz deutlich: »Kronk!«

»Wie wahr«, nickte Gabriel und hob seinen Becher. »Wahrhaft wahr. Ein apokalyptischer Spruch. Ich weiß nicht, wie man Austern öffnet. Kronk! Ich weiß nicht einmal, ob es Austern gibt, die wert sind, geöffnet zu werden. Kronk! Ich wünsche Anerkennung. Kronk! Ich wünsche mir jemanden, den ich lieben kann. Kronk! Und wenn ich all das nicht haben kann, will ich einfach sterben.«

»Kronk!« meinte der Rabe erneut.

»Wie recht du hast«, sagte Gabriel. »Ein bedeutungsvoller Kommentar, nicht nur zu meiner Lage, sondern auch zu der grundlegenden Tragödie unserer Zeit. Künstler werden beargwöhnt. Liebe ist überflüssig, Menschen sind veraltet. Verbraucher sind alles.« Er nahm wieder einen Schluck Wodka. »Ich bin ein Verbraucher, ja, das bin ich. Aber ich bin mehr als die Summe meines Verbrauches. Ich bin ein Künstler, ein Buch-Skulpteur. Und da niemand den Wunsch hat, eine 1984er Ausgabe der Enzyklopaedia Britannica zu erwerben, die – mit Hilfe von zwei Pfund Mehl, einem Liter Wasser und einer Rolle Tesafilm – in Leda und den Schwan übersetzt ist, wünsche ich zu sterben. Symptomatisch für unsere Zeiten ist das, lieber Rabe. Michelangelo ohne Ehre nach seinem eigenen Wertemaßstab. Denen, die nicht haben, soll man nehmen.«

Gabriel sah Albert an, der auf seinem Thron auf dem Denkmal saß. Das lange Zwielicht des Sommers, die weiche Luft und die Wirkung fünfundsiebzigprozentigen Wodkas erfüllten den steingewordenen Prinzgemahl mit einer Illusion des Lebens, einer Andeutung der Bewegung. Gabriel hatte das Gefühl, als zwinkere er ihm zu.

»Und dir auch, lieber Prinz ... Du hast's ja geschafft, nicht wahr? Da sitzt du dort oben und siehst zu, wie wir anderen in die Klapsmühle gerollt werden, oder wie man uns mit Steinen aus unseren Bäumen verjagt ... All die vielen Kinder. Ich habe oft darüber nachgedacht. Wie war's denn mit der kleinen Vicky – war sie gut im Bett, hat's Spaß mit ihr gemacht? Oder gab's da auch andere Möglichkeiten, all die königliche, schöpferische Energie umzusetzen? Nimm's nicht übel, alter Kumpel. Brauchst ja nichts zu sagen. Kannst mir's glauben, ich wollte, ich wäre du. Tot und dynastisch und nirwanisch auf einem kalten Hintern. Aber was soll's? Ich bin nicht Albert der Gute. Ich bin Gabriel der Überflüssige. Das ist der Lauf der Zeit – Chromosomen und unvorsichtig geöffnete Schenkel.«

In der Flasche war noch etwas Wodka. Gabriel warf einen Blick auf den Becher des Raben und füllte dann seinen eigenen auf. Der Vogel starrte ihn an, etwas tadelnd, wie Gabriel meinte.

»Vogel«, sagte Gabriel ernsthaft, »du solltest von einer beiläufigen Bekanntschaft nicht zuviel erwarten. Für mich bist du nichts. Ich bin für dich nichts. Und doch tröstet mich die Tatsache etwas, daß es, wenn ich schließlich einmal die Transistoren zwischen meinen Ohren überlade, jemanden geben wird, der mich betrauert. Wirst du das Zittern bekommen, du gefiederter Phantast? Wirst du vor Albert herumtaumeln und um einen großen Wodka krächzen? Und wie, armseliges Geschöpf, wirst du es den anderen Touristen klarmachen, daß du nichts als einen Schluck Wodka willst? Nun, das sind deine Probleme, du fetter schwarzer Federbalg. Bete für mich. Ich will nachsehen, ob in Samarra ein Zimmer frei ist.«

Die Beine versagten dem Raben den Dienst. Ein halb unterdrücktes Gurgeln entrang sich seiner Kehle, aber er enthielt sich weiterer Kommentare. Er taumelte hilflos herum, während Gabriel, sorgfältig auf seine Schritte achtend und konzentriert, die Stufen des Albert Memorial herunterging. Und dann, als hätte er seine letzte Gastgeberpflicht erfüllt, indem er seinen Gast hinausgeleitete, kippte der Rabe um und schlief.

2

Der edle Jüngling, der auf dem rechten Bürgersteig der Waterloo Bridge stand, war zehn Fuß groß. Er hatte langes schönes Haar, göttlich sinnliche Lippen und eine Körperhaltung, die geradezu himmlisch war. Er starrte auf den Fluß hinunter, so intensiv, wie jemand, der nach einer Armada Ausschau hielt, die sich einige Jahrhunderte verspätet hatte. Er bestand aus Bronze.

Gabriel las die Inschrift auf dem Sockel. In schön geschwungenen Lettern stand da: Sir Michael Jagger, Baronet.

Und darunter in ebenso schön geschwungenen Lettern: Möge der, der ohne Sünde ist, den ersten Stein werfen.

Und wiederum darunter: Jakovus Bierstein facit.

Gabriel folgte dem Blick von Sir Michael Jagger, Baronet. Der Fluß stank. Er stank nach dem Abgrund der Zeiten und den subtilen Düften von zwölf Millionen Londonern. Nichtsdestoweniger lag im Zwielicht eine Andeutung des Geheimnisvollen – ja, der Zauberei – über den Wassern der Themse. Nicht genug Geheimnis oder Zauberei, um einen dazu zu inspirieren, ohne weitere Überlegung von der Brücke zu springen. Aber immerhin genug, um einen diese Möglichkeit in Betracht ziehen zu lassen. Ruhig und ohne Hast. Die Frage war nur, ob er zuerst ertrinken oder zuerst von den giftigen Abfallstoffen vergiftet werden würde, die im Laufe einiger Jahrzehnte die Themse in einen dicken braunen Sirup verwandelt hatten. Vielleicht hatte all die industrielle Kacke das spezifische Gewicht des Flusses verändert. Vielleicht würde er, Gabriel, einfach dahintreiben wie ein Korken, bis er, erschreckt von der Vielfalt unaussprechlicher – ja undenkbarer – Dinge, die an seiner Nase vorbeitrieben, starb.

Die Theorie des Selbstmords war ausgezeichnet: die harten Tatsachen einfach abstoßen. Besser, sich zu betrinken, Pillen zu nehmen und in einem warmen Bad einzuschlafen. Vorausgesetzt, man konnte sicher sein, daß man nicht schaudernd und zitternd und verkatert aufwachte.

Gabriels Meditationen wurden von einem Büstenhalter unterbrochen.

Dieser fiel auf seine Schultern und schien aus der Richtung von

Sir Michael Jagger, Baronet, zu kommen. Dies, obgleich die Statue bis jetzt keinerlei transvestitische Tendenzen gezeigt hatte. Dem Büstenhalter folgte irgendeine Nichtigkeit aus Spitze und dann das Geräusch von jemandem, der sich schneuzte.

Gabriel ging um die Statue herum. Ein dunkelhaariges Mädchen, das vielleicht dreiundzwanzig oder auch fünfundzwanzig Jahre alt sein mochte und nur mit einer Art Fischnetz bekleidet war, schlang sich gerade ein Seil um den Hals. Das Seil war nicht besonders lang. Sein anderes Ende war fest mit einem alten Fünf-Kilo-Gewicht verknotet, das auf dem Brückengeländer stand. Die Reste der Kleidung des Mädchens waren über den Bürgersteig verstreut.

»Guten Abend«, sagte Gabriel. »Etwas warm für die Jahreszeit, finden Sie nicht? Ich hoffe, ich störe nicht.«

»Bitte, gehen Sie. Ich habe zu tun.« Ihre Stimme zitterte ein wenig, klang aber sonst ganz normal.

»Ich möchte nicht stören. Aber wir scheinen gemeinsame Interessen zu haben. Doch der Fluß stinkt. Die Zeiten sind aus dem Gleichgewicht geraten, und ich bin sicher, daß Sie keine ungesunden halbfesten Stoffe verschlucken wollen.«

Sie schauderte. Gabriel unterdrückte ein Gefühl des Triumphes. Sie konnte ohne Mühe auf das Geländer springen und das Fünf-Kilo-Gewicht nach unten stoßen, ehe ein vom Wodka gelenkter Nicht-Held Zeit hatte, sie daran zu hindern.

»Bitte, gehen Sie. Mein Mann ist tot, ich habe eine schlimme Krankheit, und ich möchte nicht, daß die Prämienjäger sich meine Leiche holen.«

»Selbstmitleid«, sagte Gabriel und trat vorsichtig einen weiteren Schritt auf sie zu, »zerstört die Perspektive. Wie meine liebe Mutter in der Yurkuti-Gesellschaft zu sagen pflegte, gibt es nur wenige Probleme, die man nicht mit einer Flasche, einer kleinen Balgerei, einer Tasse Tee oder acht Stunden Schlaf lösen könnte . . . Unglücklicherweise hat sie sich dann, nachdem sie die Flasche geleert und an der kleinen Balgerei ihren Spaß gehabt hatte, versehentlich elektrokutiert, während sie sich eine Tasse Tee zubereiten wollte, um sich anschließend schlafen zu legen. Die Yurkuti-Fahnen standen einundzwanzig Tage auf Halbmast. Ich habe den Verlust immer noch nicht überwunden.«

Das Mädchen lachte laut. »Ich glaube nicht, daß es eine Yurkuti-Gesandtschaft gibt.«

Gabriel zuckte die Achseln und tat einen weiteren Schritt auf sie zu. »Wenn nicht, dann hätte man sie finden müssen. Aber meine Mutter existierte. Als sie dreiundfünfzig war, gelangte sie zu dem Schluß, daß alles stinklangweilig sei. Also flog sie nach München zum Oktoberfest, amüsierte sich herrlich und verkaufte ihren Körper am Ende für zwanzigtausend D-Mark. Ich bekam die D-Mark, und sie lachte zuletzt. Sie fanden eine kranke Niere, Lungenkrebs und ein Herz, das ebenso viele Kilometer auf dem Buckel hatte wie ein neunzehnhundertzwanziger Rolls-Royce. Aber die Augen waren gut. Ihre Augen waren immer gut.«

Er packte das Mädchen und hielt es idiotisch fest. Gerade hatte sie noch versucht, Selbstmord zu begehen, unmittelbar darauf hatte sie gelacht, und jetzt schluchzte sie zum Herzerweichen. Verrückter Typ.

Und warum sollte eigentlich Gabriel Crome, Kretin ohne besondere Aufgaben, Buch-Skulpteur ohne Kunden, Selbstmordkandidat und Amateuralkoholiker, um Sir Michael Jagger herumgehen und eine erwachsene Frau vor der Themse retten? Etwas mußte gründlich untersucht werden. Möglicherweise die ganze menschliche Geschichte.

»Mein Name ist Gabriel Crome«, sagte er mit sanfter Stimme. »Ich verpflichte mich, Sie weder zu langweilen noch zu schlagen, noch sie zu schänden, bis wir an einem geeigneteren Ort und in besserer geistiger Verfassung sind. Ich bin ein gescheiterter Buch-Skulpteur und ein gescheiterter Selbstmörder. Bitte, entschuldigen Sie die Störung. Wahrscheinlich ist das einzig und allein dem männlichen Stolz zuzuschreiben. Man kann es einfach nicht ertragen, zuzusehen, wie eine Frau das schafft, wozu man selbst nicht imstande ist.«

Sie fuhr fort, inbrünstig und laut zu schluchzen, während Gabriel fortfuhr, sie festzuhalten, davon überzeugt, daß sie kein Wort, daß er gesprochen hatte, gehört hatte. Er hatte natürlich unrecht. Schließlich ließ ihr Schluchzen etwas nach, und eine ihrer Brüste stieß kurz und indiskret gegen seine Rippen. Er lächelte. Sie begann sich wieder der Dinge des Lebens zu erinnern.

»Ich habe mich idiotisch benommen«, sagte sie. »Entschuldigen Sie. Ich glaube, ich sollte mich anziehen.«

»Das hat keine Eile. Sie gefallen mir so, wie Sie sind.«

»Mag schon sein. Aber was ist mit den Bütteln?«

Und wie aufs Stichwort war jetzt auf der verlassenen Brücke das hohe Pfeifen eines Luftkissenschlittens zu hören. Das Pfeifen ging in ein Stöhnen über, dann in ein Zischen, und schließlich sank der Schlitten auf den Bürgersteig.

Zwei uniformierte Büttel sprangen vom Schlitten. Der eine packte das Mädchen, der andere blies Gabriel eine Dosis Aerosol ins Gesicht.

Gabriel erstarrte. Er hatte keine andere Wahl. Seine Muskeln verkrampften sich und wurden dann starr, als hätte man sie in flüssigen Sauerstoff getaucht. Aber denken konnte er noch. Und fühlen.

Er fühlte sogar eine ganze Menge, als der Büttel ihm dreimal nacheinander ins Gesicht schlug und ihn dann, wie zum guten Abschluß, mit einem Sprungstock antippte. Der elektrische Schock schien wie der Donner in verlassenen Seitengassen durch seinen Körper zu hallen. Er wollte schreien. Er wäre sehr dankbar gewesen, wenn er Gelegenheit gehabt hätte zu schreien. Aber das ließ die Eisluft nicht zu. Sie würde nicht einmal zulassen, daß er geistig starb. Er kam zu dem Schluß, daß es noch Schlimmeres gab, als inmitten unvorstellbarer Dinge die Themse hinunterzutreiben.

»Was geht hier vor? Was geht hier vor?« wollte der Büttel wissen, der das Mädchen aus Gabriels Armen gerissen hatte. Seine Hand verharrte zufällig, aber nicht unfreundlich, über einer ihrer aufgerichteten Brustwarzen. »Vergewaltigung? Raubüberfall? Mordversuch? Brauchst's nur zu sagen, Süße, dann lassen wir den Knaben hier hüpfen wie einen Gummiball.«

»Bitte!« stieß sie unter Tränen hervor. »Bitte! Er hat mir doch geholfen. Er hat mir gerade das Leben gerettet.«

Die beiden Büttel registrierten erst jetzt das Seil und das Fünf-Kilo-Gewicht. Blasen bildeten sich über ihren Köpfen.

»Exkrement!« sagte Büttel Eins.

»Und Spott!« sagte Büttel Zwei. Er sah das Mädchen streng an. »Du bist wohl high?«

»Ganz gewiß nicht«, herrschte sie ihn indigniert an. »Nur unglücklich. Ich habe doch das Recht, unglücklich zu sein, oder?«

»Ja, Süße.«

»Es gibt doch kein Gesetz gegen *felo de se*?«

»Nein, Süße. Aber es gibt dreitausendneunhundertzweiundsiebzig Gesetze, die es verbieten, sich absichtlich auf der Straße des Königs auszuziehen, und eine solche ist diese Straße hier zufällig. Und wir haben die Auswahl zwischen allerlei Kapitalverbrechen ... Mal sehen. Wir könnten Sie wegen Aufruhrs, Landfriedensbruch, Landstreicherei, Prostitution, Bestechung – denn das, was Sie hier zeigen, erfüllt den Tatbestand der Bestechung –, Behinderung der Staatsgewalt bei der Ausübung ihres Dienstes, psychopathischem Verhalten, Aufruhr – festnehmen. Name und Adresse, Süße, und Sie können sich gratulieren, wenn wir nicht die Grüne Minna rufen.«

Sie fing wieder an zu weinen.

»Hören Sie schon auf mit dem Quatsch«, sagte Büttel Eins. »Her mit den Daten!«

»Camilla Greylaw«, sagte sie. »Box 1735, Babscastle Boulevard, Hampstead. Mein Mann – das war er zumindest bis vorgestern – ist, ich meine war Professor Greylaw, von der Abteilung für Mikrobiologische Kriegführung des Ministeriums für Internationale Sicherheit und Rassenharmonie. Wenn Sie weitere Informationen wünschen, so gebe ich Ihnen die nur, nachdem ich mit meinen Anwälten, Harun al Raschid & Co., King's Road, Chelsea, gesprochen habe.«

»Soso«, sagte Büttel Eins. Er ohrfeigte Gabriel erneut. Gabriel versuchte zu blinzeln, konnte es aber nicht. »Und wer ist dann dieser starre Gralsritter?«

»Das weiß ich nicht.«

»Ah, Sie wissen es nicht.« Er holte einen anderen Aerosolstift vom Gürtel und sprühte Gabriel ins Gesicht.

Gabriel nieste. Jetzt konnte er seine Muskeln wieder bewegen. Er zwang sich dazu, nicht um sich zu schlagen.

»Nun, Student?« fragte Büttel Zwei rätselhaft. Er tippte an seinen Sprungstock und erinnerte Gabriel damit an die Möglichkeiten, die in dem Gerät steckten.

»Ich bin kein Student.«

»Daten.«

»Gabriel Crome, Top C 13, Queensway Village, West 2.«

»So, mein Engel. Und was machen Sie an einem guten Tag?«

»Ich bringe es einem Raben bei, sich am Albert Memorial zu betrinken.«

Der Sprungstock berührte ihn, und wieder zerrte elektrische Spannung an seinen Nerven und Muskeln. Gabriel biß sich auf die Zunge. Es nützte nichts. Er brüllte immer noch vor Schmerz.

»Und jetzt erzähl uns was von deinen schlechten Tagen, Kleiner.«

»Ich – ich bin Buch-Skulpteur.« Der Stock bewegte sich. Gabriel sah ihn beunruhigt an und fügte dann schnell hinzu: »Ich mache Skulpturen aus Büchern – Modelle, Figuren, alles mögliche.«

»Francis«, sagte Büttel Eins zu seinem Begleiter, »ich langweile mich. Schnappen wir uns diese Kleinen oder nicht?«

»Gute Frage«, meinte der andere. Er schien einen Augenblick lang unschlüssig zu sein und sagte dann: »Wir schnappen sie uns nicht. Die halten uns bloß auf, und inzwischen klauen sich die verdammten Studenten die Kuppel von St. Paul.« Er wandte sich Camilla und Gabriel zu. »Betet für uns, Kinder. Dies ist euer Glücksabend – und, Süße, zieh dir 'nen Schleier über deine netten Titten. Die Szene könnte tugendhafte Bürger beunruhigen. Und außerdem solltest du nach Hause gehen. Ihr solltet beide wissen, daß die großen bösen Buben in der Dunkelheit ihr Unwesen treiben.«

»Danke, Wachtmeister«, sagte Camilla sanft.

»Danke, Wachtmeister«, sagte Gabriel und wünschte, er hätte einen Flammenwerfer.

Die Büttel bestiegen ihren Schlitten. Das Luftkissen hob ihn vom Bürgersteig, und er pfiff über die Brücke auf das West End zu.

»Hat es sehr weh getan?« fragte Camilla.

»Ja.«

»Tut mir leid, es war alles meine Schuld.«

»Nicht ganz. Geschieht mir recht, weil ich nicht gesprungen bin. Aber jetzt sollten Sie sich wirklich besser anziehen – und kein Wort mehr von Bütteln. Mir reichen die für den heutigen Tag. Noch gar nicht lange her, da war ich hübsch blau. Jetzt bin ich so nüchtern, daß ich die ganze Menschheit erschlagen möchte.«

Camilla begann interessante, sehr weibliche Dinge zu tun, die alle dazu beitrugen, schnell die warme, anmutige Schönheit ihres Torsos zu bedecken.

»Kommen Sie mit mir nach Hause?« fragte sie. »Ich meine, ich bin einsam, und ich muß die Katzen füttern, und Eustace wird nicht mehr da sein, und ich möchte mit jemandem sprechen, weil ich nicht weiß, was ich tun soll.«

»Ich komme mit Ihnen nach Hause«, erwiderte Gabriel und betrachtete sie voll Billigung, »weil ich ebenfalls einsam bin und – auch wenn ich *keine* Katzen zu füttern und *keinen* Eustace zu vermissen habe – nicht weiß, was ich tun soll.«

»Sie werden zuhören«, sagte Camilla fast fröhlich, »dann erzähle ich Ihnen von Eustace und der schlimmen Krankheit. Und dann sollen Sie mir helfen, die Katzen zu füttern. Hoffentlich stört Sie der Geruch nicht.«

»Wer weiß?« antwortete Gabriel. »Vielleicht gibt es dafür einen Ausgleich.«

3

Sie fütterten die Katzen. Aber ehe sie das taten, erlebte Gabriel ein oder zwei interessante Überraschungen.

1735, Babscastle Boulevard war kein Wohnblock, wie er angenommen hatte. Es war ein großes freistehendes Haus im Rokokostil des mittleren zwanzigsten Jahrhunderts und stand auf einem eigenen Grundstück, das von hohen Mauern umgeben war. Es mußte den verblichenen Professor Eustace Greylaw eine Stange Geld gekostet haben, dieses Haus zu kaufen oder zu mieten. Vielleicht war er ein Fälscher gewesen oder ein Parlamentsmitglied oder vielleicht sogar ein Prämienjäger.

Camilla ging Gabriel auf der Einfahrt voraus und legte dann ihren Daumen in den Id-Ring. Die Haustür öffnete sich.

Ein bengalischer Tiger erwartete sie, um sie zu begrüßen. Gabriel hatte plötzlich das Gefühl, keine Entscheidungen über Selbstmord mehr treffen zu müssen. Camilla andererseits blieb ungerührt. Ebenso der Tiger. Ein graues Eichhörnchen saß ruhig auf seinem Rücken und war damit beschäftigt, eine Haselnuß zu knacken.

»Tag, Diddums«, sagte Camilla. »Hast mich wohl vermißt, was, fette alte Mieze? Begrüße den netten Herrn, der mich praktisch aus der Themse geholt hat.«

Das Eichhörnchen knackte die Haselnuß. Der Tiger schnurrte und streckte die Pranke aus.

»Diddums mag Sie«, sagte Camilla.

»Ich mag Diddums auch«, krächzte Gabriel, dem der Schweiß über das Gesicht rann. Er hatte irgendwo gelesen – wahrscheinlich in einem alten Buch, das er skulptiert hatte – daß Tiere Angst riechen könnten.

Unter Aufbietung eines Höchstmaßes an Mut streckte er die Hand aus und schüttelte die ihm entgegengestreckte Pranke. Der Tiger öffnete das Maul und gähnte. Gabriel wurde ohnmächtig. Als er wieder zu sich kam, hatte man ihm Kissen unter den Kopf gestopft, und Camilla bemühte sich, ihn dazu zu bewegen, etwas zu trinken.

Die ganze Aufmerksamkeit einer bewundernden Gruppe von Zuschauern war ihm gewidmet: ein Tiger, ein Eichhörnchen, ein Löwe, ein Lamm, ein Panther sowie ein fettes weißes Kaninchen. Er versuchte erneut ohnmächtig zu werden, diesmal aber ohne Erfolg.

»Ich hätte es Ihnen sagen müssen«, sagte Camilla. »Wie dumm von mir! Ich hätte es Ihnen sagen müssen, aber es sollte eine Überraschung werden.«

»Die war es«, gab Gabriel zu. »Ja, eine Überraschung war es ganz entschieden.« Er hatte sich inzwischen soweit erholt, daß er sich aufsetzen konnte.

Camilla sah den Kreis von Tieren an, der sie umgab. »Geht weg! Scht! Scht! Der Herr und ich möchten miteinander reden, ohne von euch dummen Geschöpfen unterbrochen zu werden. Geht alle zurück in den Keller!«

Sie trieb die Tiere aus dem Zimmer. Das Lamm blökte, eine der

Katzen nieste – es klang wie ferner Donner. Dann war das Geräusch einer sich schließenden Tür zu vernehmen.

Gabriel stand auf und sah sich um. Er befand sich in einem früher einmal offenbar großzügig möblierten Zimmer. Aber am Flügel waren Zahnspuren zu sehen, und auf den noch unzerkauten Teilen des indischen Teppichs lag Kaninchenkot. Die langen Gardinen an der bis zum Boden reichenden, ins Freie führenden Tür hingen in Fetzen herunter. Das Sofa und die Polstersessel waren durch die Spiele der großen Katze auch nicht gerade besser geworden, und das Eichhörnchen hatte sich offenbar dazu entschlossen, an den unwahrscheinlichsten Stellen Nußlager anzulegen.

Camilla kehrte zurück. »Ich habe die Gartentür offengelassen, damit sie ein wenig Auslauf bekommen . . . Jetzt trinken wir einen Schluck und unterhalten uns. Sie helfen mir doch dann beim Füttern, oder? Ich mag einfach nicht mit rohem Fleisch hantieren.«

»Ob ich Ihnen helfe oder nicht, hängt größtenteils davon ab, wie überzeugend Ihre Geschichte ist. Im Augenblick empfinde ich es als Ex-Selbstmörder als glücklichen Umstand, daß ich noch am Leben bin.«

»Die Büttel haben uns vorgestellt, also werde ich Gabriel zu Ihnen sagen – und duzen werde ich dich auch –, und du kannst Camilla zu mir sagen. Das sind recht nette Namen. Wir hätten uns schon vor zwei Jahren kennenlernen sollen, ehe ich Eustace begegnete. Bleibst du heute nacht hier? Trinkst du Whisky? Oh, und was ist eigentlich ein Buch-Skulpteur? Das klingt schrecklich raffiniert.«

»Schießen Sie – schießt du Fragen immer in Salven ab?«

Sie lachte. »Entschuldige. Eustace sagte stets, ich erinnere ihn an Marilyn Monroe in brünetter Ausgabe.«

»So alt kann Eustace doch nicht gewesen sein.«

»Doch, das war er, beinahe wenigstens. Ich meine, er war ungefähr fünfzig Jahre älter als ich. Deshalb hat er mich ja geheiratet – weil ich ihn an Marilyn Monroe erinnerte. Er hatte Bänder von all diesen komischen alten Filmen, die müssen auf ihn wie ein Aphrodisiakum oder so etwas Ähnliches gewirkt haben, weil er immer – was hast du wegen des Drinks gesagt?«

»Ich trinke alles. Und häufig. Im Augenblick komme ich mir bedauernswert nüchtern vor. Wahrscheinlich ist das die Folge eines Traumas.«

Er sah zu, wie sie ein altes Cocktailschränkchen, dessen Mahagoniwände noch nicht ganz von der verspielten Fauna zerstört worden waren, aufschloß, und dann die Drinks einschenkte. Großzügige Drinks.

Er war inzwischen zu dem Schluß gekommen, daß Camilla Greylaw so etwas wie die alte Sexgöttin des Kintopps war – nicht so sehr, was ihre Körperformen anging, obwohl die durchaus ins Bild paßten, aber was ihr Verhalten betraf. Sie hatte dieselbe unmögliche großäugige Unschuld an sich – etwas Kindhaftes, das irgendwie in ein delikates Orgasmusinstrument eingeschlossen schien. Er mochte sie. Es war durchaus möglich, daß das Schicksal oder das Kismet oder jener Große Computer im Himmel dafür gesorgt hatten, daß Camilla Greylaw und Gabriel Crome gemeinsam ein paar wilde Fußstapfen in den Sand der Geschichte eindrückten.

Sie gab ihm sein Glas.

»Ja, ich bleibe die Nacht über hier«, sagte Gabriel. »Es ist schon spät, und die Studenten und die Prämienjäger interessieren sich um die Zeit zu sehr für einsame Reisende. Buch-Skulpteure stellen übrigens Skulpturen aus Büchern her. Logisch, kreativ, ja sogar nützlich. Wer liest heute schon Bücher? Sie nehmen nur Platz ein, sammeln Staub und liefern Ungeziefer Nahrung.«

»Studenten, ja. Prämienjäger ganz sicher nicht. Die müssen doch warten, bis einer tot ist, oder?«

»Die ehrgeizigeren Gruppen arrangieren das selbst ... Ich glaube, ich nehme noch einen Drink, wenn ich einen kriegen kann. Und dann solltest du mir sagen, was du zuerst gemeint hast, mir sagen zu müssen. Vielleicht hilft mir der Drink dabei, es zu glauben.«

Camilla leerte ihr eigenes Glas und füllte dann beide nach.

»Setzen wir uns doch«, sagte sie. »Die Katzen bringen alles so schrecklich durcheinander. Aber auf dem Sofa kann man noch sitzen. Die müssen natürlich weg. Ich kann nicht allein mit einem ganzen Tierpark leben.«

»Am besten solltest du vielleicht am Anfang beginnen«, schlug er vor.

»Also bei Eustace. Zumindest, was diesen Anfang angeht. Es gab andere Anfänge auch, aber die hatten nichts mit Katzen und mit Selbstmord zu tun.«

»Die halten sich ja bestimmt, bis das hier zu Ende ist. Das bringt mich übrigens auf eine Frage – wo hast du dieses Fünf-Kilo-Gewicht her? Das beschäftigt mich schon die ganze Zeit. Ich glaube, wir haben es auf der Brücke liegen lassen.«

»Eustace hat es dazu benutzt, Katzenfleisch abzuwiegen . . . Das war recht romantisch, denke ich. Wir lernten uns vor achtzehn Monaten im St. James Park kennen, als ich die Enten fütterte und von einem Schwarm von Teenies angegriffen wurde. Mir war nicht klar, daß sich die vor dem Sonnenuntergang schon sehen lassen. Aber es war Winter, und das erklärt es vielleicht.«

»Wollten die Kleinen etwas Bestimmtes?«

»Nur das Übliche: Geld, Schmuck, Kleider. Ich glaube eigentlich nicht, daß sie mir etwas zuleide tun wollten. Die Älteste war ein schreckliches Kind mit zwei großen Narben an den Wangen, vielleicht zehn Jahre alt.«

»Was hat Eustace gemacht – die Büttel gerufen?«

»Nein, er hat ein Gasei fallen lassen. Er trug immer ein oder zwei davon bei sich. Er war ein sehr sanftmütiger Mensch. Gewalt konnte er einfach nicht ertragen. Das Gas hat uns alle erwischt, denke ich. Als ich erwachte, war ich hier, immer noch halb ausgezogen, und Eustace sah sich Marilyn Monroe auf der Röhre an. Ich kann dir sagen, das hat vielleicht auf ihn gewirkt. Er sah, daß ich wach war, und dann hat er mich einfach bloß angesehen und hat durchgedreht.« Camilla nahm einen weiteren Schluck von ihrem Whisky und lachte. »Der arme Eustace! Weißes Haar, Bart wie Siggy Freud, gestreifte Hosen. Ich glaube, er hatte noch nie eine Frau gehabt. Der hat sich vielleicht angestellt! Ich wußte nicht, ob ich ihn bemuttern sollte, oder ihm zeigen, wie man's macht, oder mich in die Kühltruhe setzen. Nachher hat er fast die ganze Nacht damit verbracht, zu heulen und mir zu sagen, wie leid es ihm täte und wie reich er wäre. Und dann hat er mir einen Zwei-Jahres-Ehevertrag aufgeschwatzt.«

Gabriel trank wieder von seinem Whisky, um seine Verwirrung

loszuwerden oder wenigstens etwas zu reduzieren. »Und du hast ihn geheiratet, weil er dir leid getan hat?«

»Nein, Gabriel. Ich habe ihn geheiratet, weil ich mir selbst leid tat. Bevor Eustace mir über den Weg lief, habe ich mich einfach so treiben lassen. Mit Männern, meine ich. Alle schienen mich bumsen zu wollen, aber keiner wollte mich behalten. Eine Lesbe, mit der ich eine Weile schlief, als ich den Rocker-Trip hinter mir hatte, hat den Nagel auf den Kopf getroffen. Sie sagte, ich sei zu intelligent und zu dumm. Zu intelligent für die Fleisch-Männer und zu dumm für die Eierköpfe. Ich war einfach die kleine Puppe, die sie nachts mit ins Bett nahmen und am Morgen wieder weglegten. Das Dumme war nur, daß ich mir nie ein eigenes Bett leisten konnte.«

Diesmal füllte Gabriel die Gläser. »Hoffentlich sind wir nicht weiter als eine halbe Flasche von der Geschichte mit dem pazifistischen Tiger entfernt.«

Camilla gähnte. »Ich denke, nicht. Aber da gibt's ein Problem. Ich fange jetzt an, scharf zu werden, das ist die erste Phase, und Whisky macht mich noch schärfer. Aber du darfst es nicht tun, wegen der schlimmen Krankheit.«

»Was für eine Krankheit?«

»Geschlechtskrankheit. Genauer gesagt, P 939, du Dummer.«

Gabriel war wie benommen. Sehr benommen sogar. Es schien ihm eine Ewigkeit zurückzuliegen, daß er in aller Unschuld einen Raben am Albert Memorial korrumpiert hatte. Er fand, daß es höchste Zeit war, wieder den Realitäten ins Auge zu sehen. Er fand auch, daß es höchste Zeit war, daß Camilla einige Geheimnisse erklärte, ehe sich zu viele weitere ansammelten. Eustace war da ein Schlüsselwort. Ebenso das Thema Ehe. Er probierte es mit beiden.

»Eustace. Ehe.«

»Ja. Nun, es war eine Zweijahresgeschichte, mit fünftausend bei Unterschrift und fünftausend bei Beendigung. Die Beendigung ist, war übrigens in drei Monaten. Ich hatte Eustace gesagt, daß ich den Vertrag nicht erneuern würde.« Camilla seufzte. »Vielleicht hat er sich deshalb vor die U-Bahn geworfen . . . Ich dachte, das sei ein vernünftiges Angebot, denn mit zehntausend Pfund kann man sich schließlich eine ganze Menge Zeit und Freiheit und Sachen kaufen, wenn man es sich richtig überlegt. Außerdem würde ich während der zwei Jahre überhaupt nichts ausgeben müssen. Eustace hatte mir Kleider und Reisen und alles versprochen. Er war wirklich ein netter Typ. Mir machten auch die Marilyn-Monroe-Bänder nichts aus und seine Fummelei. Wenn man ihn sich selbst überließ, schaffte er gewöhnlich nach ein oder zwei Stunden einen Orgasmus. Nein, was mich so richtig auf die Palme brachte, war, daß er anfing, unser Liebesnest in ein Tierasyl umzuwandeln.«

»Wo bekam er sie denn her?«

»Ich sag's dir schon, ich sag's dir schon«, verkündete Camilla. Sie rollte die Augen. »Du solltest mir jetzt keinen Whisky mehr geben, mein Erzengel, sonst kriege ich die Geschichte nicht zu Ende ... Ja, er hat sie gestohlen. Deshalb ist es ja so sch-sch-sch-streng ge-ge-geheim. Hast du eine Ahnung von Mollikollibologi?«

»Versuch's noch mal.«

Das tat sie. Sie gab sich große Mühe. »Molli-kular-bi-ologie.«

»Molekularbiologie. Nein. Doch, ich glaube, da war etwas auf der Hinterbacke meines letzten Akts. Aber ich hab's nicht gelesen.«

»Ich sag's ja, ein Gentleman vom Scheitel bis zur Sohle. Nun, weißt du dann etwas über D.N.S?«

»Das wird dich überraschen, ja. Das ist eine Nuklein-Säure mit einem Zucker, der sich Deoxyribose nennt. Sie lebt – falls der Ausdruck richtig ist – im Zellkern. Außerdem handelt es sich um ein Molekül mit einer Doppelhelix, und dabei handelt es sich sozusagen um das Wesen des Lebens ... Das habe ich auf der Brust gelesen ... D.N.S. Ja, ich bin unbedingt dafür.«

»Bring mich nicht durcheinander, Gabriel. Ich weiß nämlich überhaupt nichts über Molekularbiologie, D.N.S., Enzyme oder sonst etwas, das sich in den Labors tut. Aber Eustace wußte da Bescheid. Um es genau zu sagen: Jedesmal, wenn er sich nicht über Marilyn Monroe erhitzte oder sich an mir einen abschwitzte, dann war er in seiner Wunderbude und vollführte dort alle möglichen Perversionen mit Bakterien, harter Strahlung, Petrischalen, und Gott allein weiß, mit was für anderen Sexsubstituten ... Worauf ich hinaus will, ist folgendes: Er konstruierte – das Wort konstruieren mochte er –, er konstruierte ein interessantes kleines Geschöpf, das er P 939 nannte. Sein Grundmodell, so erklärte er mir voll Stolz, war die Bakterie, welche die Syphilis hervorruft – ich glaube, er hat das Spirochäte genannt. Aber nach Eustace war P 939 die beste und neueste Geschlechtskrankheit, die man sich vorstellen konnte. Keine wirklich unangenehmen Erscheinungen. Nur daß man, wenn man sie sich zuzog, nicht mehr tierisch sein konnte. Ich habe es mir anders überlegt. Ich brauche noch einen Drink, ehe ich das alles verliere.«

Gabriel füllte die Gläser nach und stellte dann zu seinem Leidwesen fest, daß die Flasche jetzt leer war.

»Was soll das heißen: Man kann dann nicht mehr tierisch sein?«

»Die aggressiven Instinkte melden sich ab. P 939 verhindert die Aggression. Man kann keinen Krieg machen, man kann die Leute nicht herumschubsen, man kann es kaum ertragen, sie auch nur zu ärgern. Das ist die Wirkung, die P 939 auf uns hat. Widerlich, was? Als Eustace sicher war, daß er es geschafft hatte, bildete er sich ein, er wäre Jesus, Pasteur und Mahatma Einstein in einem Stück.«

Gabriel nahm wieder einen Schluck und sah Camilla an. Er fühlte sich jetzt außerstande, sich weiter auf das Epos von P 939 zu konzentrieren. Sehr wohl imstande war er hingegen zu dem Entschluß, daß es eine gute und wohltätige Handlung sein würde, Camilla Greylaw einen Trost für das Schlimme anzubieten, das sie erlitten hatte.

Er küßte sie. Camilla ließ ihr Glas fallen.

»Das ist alles ungeheuer interessant«, sagte er, »aber du wirst den Rest der Geschichte schon nicht vergessen. Ich fürchte, ich habe eine dringende Verabredung.«

»Wo?«

»Mit dir im Bett.«

»Die Katzen. Du hast mir doch versprochen, mir beim Katzenfüttern zu helfen.«

»Was passiert denn, wenn wir sie erst morgen früh füttern?«

»Dann schreien sie. Das könnte ich nicht ertragen. Wahrscheinlich kommt das daher, weil ich selbst P 939 habe. Und das ist ein weiterer Grund, warum wir nicht Liebe machen sollten.«

Gabriel seufzte. »Na schön, dann eben zuerst die Katzen. Was die schlimme Krankheit angeht, so sagte meine liebe Mutter in der Yurkuti-Gesandtschaft immer, daß geteiltes Leid am besten auf die vergnüglichste Art geteilt werden sollte ... Eustace hatte eine ziemlich beschränkte Phantasie. Du bist mehr als Marilyn Monroe. Du bist auch noch Ayesha, Helena, Kleopatra und Elisabeth von Österreich.«

Camilla stand auf. Sie schwankte ein wenig. Sie fühlte sich schwach in den Knien, aber es war eine Schwäche, die nicht einzig und allein auf den Whisky zurückzuführen war.

Gabriel drückte Camilla an sich und erinnerte sich daran, wie er sie auf der Brücke gehalten hatte. Plötzlich packte ihn ein besitzergreifendes Gefühl. Er hatte sie vor dem Tode bewahrt, und jetzt würde sie ihm dafür mit Leben bezahlen. Ein großer Witz.

Camilla schien zu zittern. »Kümmern wir uns schnell um die Katzen«, flüsterte sie. »Mir ist nach Elisabeth von Österreich zumute.«

4

Der Lulu Tower, der sich an jener Stelle erhob, wo einmal der Bukkingham Palace gestanden hatte, ehe die Erfordernisse der Wirtschaft und des Tourismus dazu geführt hatten, daß man ihn nach Monarchiland im Schottischen Hochland versetzt hatte, war das höchste Gebäude in London. Er hatte die Gestalt eines schlanken, mit einer Kuppe bedeckten Zylinders und war genau fünfhundert Meter hoch und damit eines der schönsten Phallussymbole Westeuropas.

In ihm waren in absteigender Reihenfolge die wichtigsten Institutionen des Vereinigten Königreichs untergebracht. Die Kuppel und die obersten fünfzig Stockwerke beherbergten die NaTel, seine Aufsichtsräte, den Generaldirektor, die Public-Relations-Beamten, die Controller, die Buchhalter, Produzenten, Fernsehfamilien, Kamera-Crews, Techniker und Make-up-Mädchen – bis hinunter zu den einfachen Skriptschreibern. Unmittelbar unter NaTel lagen die Stockwerke, die das enthielten, was von der Mutter der Parlamente übrig geblieben war. Und unmittelbar unter den beiden Parlamentsgeschossen schlossen sich die verschiedenen Ministerien und Regierungsbehörden an, derer es bedurfte, um die Illusion zu vermitteln, sie lenkten die Geschicke eines kleinen Landes mit nur siebzig Millionen Leuten.

Die verschiedenen Verwaltungsstellen nahmen fast hundert Stockwerke bis hinunter zum Erdgeschoß des Gebäudes ein. Dort lagen das Erziehungsministerium und das Ministerium für Mentale Gesundheit in einem endlosen Krieg gegeneinander, um sich den Besitz der größeren Zahl von insgesamt achtundachtzig kleinen, zellenähnlichen Räumen streitig zu machen. Tatsächlich kämpften beide für eine verlorene Sache, da das Sportministerium sich nach unten zu ausdehnte.

In einem nach Süden gerichteten Zimmer, ein gutes Stück über der Hälfte des großen Phallus aus Glas und Titan, hatte Dr. Peregrine Perrywit Grund zur Zufriedenheit. Nur wenige Männer hatten das Ding von seinem Sockel bis zur blitzenden Kuppel erstiegen, aber Dr. Perrywit, der vor zehn Jahren seine Tätigkeit im MinEd (wie man das Erziehungsministerium nannte) begonnen hatte, war jetzt im siebenundsiebzigsten Stockwerk angelangt. Nicht nur das, sondern er besuchte gelegentlich auch mit zwei NaTel-Produzenten Bars (›LSD mit Mutter‹ und die ›Junio Sexstunde‹), und seine Frau hatte die Bekanntschaft einer lesbischen Buchhalterin von NaTel gemacht, die sich sehr für sie interessierte. Dr. Perrywit war, auch wenn er erst eine mittelmäßige Position im Ministerium für Internationale Sicherheit und Rassenharmonie errungen hatte, guten Mutes, daß ihm noch Großes bevorstand.

Der Besitz eines B2-Sicherheitspasses brachte gewisse Vorteile mit sich. So war Dr. Perrywit beispielsweise jetzt schon berechtigt, ohne aufgehalten zu werden, bis zur Empfangsetage von NaTel hinaufzufahren. Er hatte es sich angewöhnt, dies wenigstens dreimal die Woche zu tun. Manchmal ging er dann auf eines der Helikopterdecks hinaus, so, als hätte er den Auftrag, eine wichtige, inkognito reisende Persönlichkeit abzuholen, und manchmal nahm er in der Gästebar einen Drink, erneut mit dem Gehabe eines Menschen, der eine wichtige Verabredung einhält.

Aber während Dr. Perrywit an seinem Schreibtisch saß und

durch die Isolierglasscheiben auf diesen schönen Sommermorgen hinausblickte, war ihm wohl bwußt, daß er in InSichRass mindestens noch zwei Rangstufen höher steigen mußte, ehe er seine Ambitionen hinsichtlich der schwindelerregenden Höhen von NaTel erfüllen konnte. Und das würde Talent und Initiative erfordern, beides Eigenschaften, mit denen er natürlich im reichen Maße ausgestattet war.

Sein Haupttalent lag wahrscheinlich in der Kostensenkung. Ursprünglich hatte er sich auf Göttlichkeit spezialisiert gehabt, und in diesem Fach auch seinen Doktortitel erworben. Die Göttlichkeit war eine notwendige Disziplin gewesen, weil er in seiner Jugend Computer-Konstrukteur hatte werden wollen und sich auf die damals neue Gottmaschine spezialisiert hatte. Es war eine Zeit großer Chancen. Die christlichen Kirchen hatten sich zu dem neuen Kathoprot vereinigt, und die auf diese Weise neu entstandene Kirche hatte sich die beste Beraterfirma der USA angeheuert, um die Kirche zu automatisieren und die verblassenden Geschicke der Religion auf eine solide kommerzielle Grundlage zu stellen.

Die Computerisierung Gottes hatte nicht nur die Phantasie der Proleten und Eierköpfe, sondern auch die von Peregrine Perrywit angeregt, der keines von beiden war. Die Computer-Absolutions-Werbekampagne (unter der Leitung der legendären Homer T. Krappe Associates), welche der ersten Phase der Automation gefolgt war, hatte dazu geführt, daß wieder reichlich Geld einging. Kathoprot ging als Gesellschaft mit beschränkter Haftung an die Börse und wurde sofort überzeichnet. Die Aktienwerte verdoppelten, verdreifachten, vervierfachten sich. Peregrine Perrywit, frisch von der Universität und mit einem Doktordiplom, auf dem die Tinte noch feucht war, erhielt ein Fünfunddreißig-Sekunden-Interview mit Kardinal Erzbischof Cyril Cantuar und wurde sofort engagiert.

Um Gottmaschinen zu konstruieren.

Unglücklicherweise kam es gleich zu einem Mißverständnis. Dr. Perrywit, der aus dem North Country stammte, und dem die Sparsamkeit daher zweite Natur war, stand unter dem Eindruck, daß er kostensparend arbeiten sollte. Das erwartete man aber nicht von ihm. Man hatte ihn engagiert, damit er Geld ausgab, da Kathoprot jenes kritische Stadium erreicht hatte, wo er es sich einfach nicht mehr leisten konnte, klein zu denken.

Dr. Perrywit produzierte nach zwei Jahren intensiver Arbeit die Konstruktion für eine bewegliche, die Beichte entgegennehmende und Ratschläge und Absolution erteilende französisch/englisch/deutsch/italienisch sprechende Gottmaschine, die für weniger als neunhunderttausend Pfund hergestellt werden konnte.

Er wurde entlassen.

Nicht nur als Projektleiter, sondern gleich zur Gänze aus den Diensten von Kathoprot.

Der mit ihm konkurrierende Projektleiter hatte die Intelligenz besessen, eine Maschine zu produzieren, die alles, was Dr. Perrywits Maschine konnte, ebenfalls leistete, dazu aber noch Orgel spielte, Lieder produzierte, Taufen und Konfirmationen, Ehen, Scheidungen und Euthanasie sowie Begräbniszeremonien durchführte und gleichzeitig noch nützliche Funktionen in den umfangreichen Verwaltungsprozeduren von Kathoprot übernahm. Die Tatsache, daß ihr Bau fünf Millionen kosten würde, war ein weiteres Argument, das für sie sprach.

So schickte man Dr. Perrywit in das Niemandsland von MinEd. Seine sparsame Einstellung blieb unverändert. Es gelang ihm, den Etat seines ersten Projekts – die computergestützte Überwachung des Windelwechsels in staatlichen Kinderkrippen – um zwanzig Prozent zu unterschreiten. MinEd sah die Zeichen an der Wand und beförderte ihn nach oben.

MinSport erlitt ein ähnliches Schicksal von der Hand Perrywits, als er den Versuch unternahm, in zweitausend Fußballstadien im Lande Plastikgras einzuführen. Die Einsparung hätte mehr als zwanzig Millionen Pfund pro Jahr ausgemacht. Perrywit war offensichtlich gefährlich, also wurde er erneut befördert.

InSichRass freilich wußte Dr. Perrywits spezielle Talente zu nutzen. Als größtes und teuerstes Ministerium im Ding verschluckte InSichRass ein Viertel des nationalen Jahreseinkommens. Gelegentlich hatte es sogar schon beinahe ein Drittel verbraucht. Es brauchte Dr. Perrywit. Es brauchte ihn sogar dringend. Das Ministerium für Internationale Sicherheit und Rassenharmonie war im Wesen für die Streitkräfte, den diplomatischen Dienst, die Auslandshilfe, die wissenschaftliche Forschung und die Aufrechterhaltung und Organisation eines Elitekaders von *Agents Provocateurs* verantwortlich.

Im Augenblick waren Dr. Perrywits Talente auf wissenschaftliche Forschungen angesetzt. In den letzten paar Wochen hatte er sich auf die Dezimierung der Abteilung für Mikrobiologische Kriegführung konzentriert und sich das Ziel gesetzt, ihren Etat um fünfzig Prozent zu reduzieren.

Deshalb hatte er Professor Eustace Greylaw nach vierzig Jahren beinahe makellosen und sogar gelegentlich fast verdienstvollen Wirkens entlassen. Deshalb befaßte er sich auch mit dem Problem, verschiedene Tiere loszuwerden, während er sich gleichzeitig darüber informierte, was aus einem Tiger, einem Eichhörnchen, einem Löwen, einem Lamm, einem Panther und einem weißen Kaninchen geworden war.

Vor zehn Jahren hatte Professor Greylaw ein wichtiges Memorandum von dem damaligen Leiter von MikroKrieg erhalten (der inzwischen bei NaTel die Chefredaktion für die Serie ›Schönheiten der Natur‹ übernommen hatte). Professor Greylaw war angewiesen worden, einen Mikroorganismus zu entwickeln, der sich dazu eignete, über längere Zeit auf aggressive Nationen angesetzt zu werden, um sie von ihrer kriegsorientierten Psychologie zu lösen, ohne daß es so aussah, als wäre dies auf äußere Einflüsse zurückzuführen. Es war dies eine anspruchsvolle, wenn nicht unmögliche Anweisung. Deshalb hatte der Abteilungsleiter sich auch Professor Greylaw ausgesucht.

Während seiner ganzen, im allgemeinen indistinguierten Laufbahn war Eustace Greylaw von vielerlei Mißgeschick gepeinigt worden. Man brauchte ihn bloß aufzufordern, einen neuen Schwarzen Tod zu entwickeln, und die Aussicht war sehr groß, daß er, ohne es zu bemerken, seine ganze Heimat auslöschte, ehe er auch nur den Virus nachgewiesen hatte. Forderte man ihn auf, eine Form schnell wirkender Trypanosomiasis zu entwickeln, die sich für den Einsatz in kalten Klimazonen eignete, konnte man damit rechnen, daß er halb Skandinavien in den Schlaf versetzte, ehe er glaubte, den Auftrag erfüllt zu haben.

Professor Greylaw war engagiert, gewissenhaft, gründlich – gefährlich. Man hatte ihm daher eine unmögliche Aufgabe einfach deshalb übertragen, um zu vermeiden, daß er in Schwierigkeiten geriet. Eustace Greylaw sah die Welt um sich herum immerhin noch klar genug, um zu begreifen, warum man ihn aus dem interessanten Projekt nicht mehr rückgängig zu machender Gehirnschädigungen entfernt und ihm die Sinecure der Antiaggression zugewiesen hatte. So hatte er, fest entschlossen, das Unmögliche zu schaffen und damit alle der Lächerlichkeit preiszugeben, seine Arbeit in strikter Geheimhaltung durchgeführt. Abgesehen von der Tatsache, daß er eine Menge Tiere verbrauchte, wußte niemand, welche Fortschritte er machte. Nach einer Weile, als der Leiter von MikroKrieg zu NaTel überwechselte, wußte nicht einmal mehr jemand, worin eigentlich Greylaws Auftrag bestand. Er selbst unterließ es natürlich, irgend jemanden von seinem Erfolg zu informieren. Und so war es ganz natürlich, daß Eustace gefeuert wurde, nachdem Dr. Perrywit festgestellt hatte, daß Professor Greylaws Jahresetat während der letzten neun Jahre im Durchschnitt neunzigtausend Pfund betragen hatte.

Die einzigen Probleme, die, soweit es Dr. Perrywit betraf, noch zurückblieben, bestanden darin, wie der Verlust verschiedener Tiere zu rechtfertigen sei, und wie man die Insassen der Überreste von Greylaws Zoo, einer heruntergekommenen Ansammlung von Hütten und Käfigen, beseitigen konnte, die bis zur Ära Perrywit unter strengster Sicherheitskontrolle gestanden hatten.

Er hatte eine Idee. Er drückte ein Pedal unter seinem Schreibtisch.

In seiner Phantasie sah er eine hochgewachsene, vollbusige blonde Göttin in einem weißen Katzenkostüm sein Büro betreten. Er sprang um seinen Schreibtisch herum und schloß die Tür ab, sicher in dem Wissen, daß sein Büro völlig schalldicht war. Die Göttin wirbelte mit erschrecktem Blick herum. Aber er war zu schnell für sie. Er sprang sie an und riß einen Eisluftstrahler aus der Tasche.

Ein einziger kurzer Spritzer damit, und die Göttin erstarrte. Er ließ ihren starren Körper vorsichtig auf den Teppich hinunter. Dann verpaßte er ihr einen winzigen Hauch des Gegenmittels, so daß ihre Muskeln sich lockerten, obwohl sie sich immer noch nicht bewegen konnte.

Ihre Augen standen offen, und sie mußte ihn ansehen. Ja, das war gut. Sie mußte ihn ansehen. Er küßte sie wild. Er biß sie in die Lippen, die Ohren, den Hals. Er zerdrückte herrlich träge Berge weiblichen Gewebes in seinen grausamen Fingern. Er riß an dem Katzenkostüm, warf sich in brutaler Ekstase auf sie. Wie stark er doch war! Er stieß wild zu – einmal, zweimal, dreimal. Und die ganze Zeit mußte sie ihn ansehen. War das ein Stöhnen? Bitte, sei entspannt genug, um stöhnen zu können.

Die einzige Frage, die noch offenblieb, war die, ob er sie beim Orgasmus erwürgen sollte . . .

Und dann zerbrach sein Tagtraum, als die Tür sich öffnete und eine hochgewachsene, vollbusige Göttin in einem weißen Katzenkostüm sein Büro betrat.

»Guten Morgen, Dr. Perrywit.«

»Ah, guten Morgen, Dr. – äh – Slink.« Er wischte sich den Schweiß von der Stirn und versuchte, seinen Atem unter Kontrolle zu bekommen. Sein Herz schlug immer noch wie wild. Das war schlecht. Er öffnete eine Schublade und suchte nach den winzigen rosa Pillen.

»Sie haben geklingelt, Sir?«

»Ja – ja richtig.« Er fand die Pillen und schluckte eine davon. »Die Greylaw-Angelegenheit. Ich habe sie an Sie delegiert. Alles in Ordnung? Hat er – äh – es gut aufgenommen?«

»Ich habe Professor Greylaw nie zu Gesicht bekommen. Ich glaube nicht, daß irgend jemand hier ihn jemals gesehen hat, obwohl man mir berichtet hat, daß er vor achtzehn Jahren an einer Konferenz im siebzigsten Stockwerk teilgenommen hat . . . Ich glaube, ich muß Ihnen da etwas berichten, Dr. Perrywit. Ein paar Tage nach seiner Pensionierung ist der Professor auf recht traurige Art ums Leben gekommen.«

»Wie?«

»Er – er ist vor einen U-Bahn-Zug der Circle Line gefallen.«

Einen Augenblick lang herrschte Schweigen, dann verlor Dr. Perrywit – immer noch von den Nicht-Ereignissen der letzten Minuten verwirrt – kurz die Kontrolle über sich. »Der Schweinehund!« schrie er. »Das faule Schwein! Hätte er das nicht zehn Tage früher tun und uns seine Abfindung ersparen können?«

Dr. Slink sah ihn schockiert an. Eines Tages würde er sie wirklich vereisen und ihren üppigen Körper schänden, und sie würde ihn dabei ansehen müssen und ...

Dr. Perrywit riß sich zusammen. »Ich habe das nicht so gemeint, Dorothea. Aber schließlich bin ich für die Finanzen von MikroKrieg verantwortlich – zum Teufel, was machen wir nur mit den Tieren, die noch zurückgeblieben sind? Wir müssen uns diese Futterkosten ersparen.«

»Wir könnten sie ja einschläfern lassen, Dr. Perrywit. Das ist bei Projektbeendigung in MikroKrieg allgemein üblich.«

»Verschwendung! Denken Sie doch, was das für eine Verschwendung ist. Eichhörnchen, ja, aber Katzen sind heutzutage eine Menge wert ... Versuchstiere! Was hat Greylaw denn gemacht? Überhaupt keine Akten, gar nichts. Nicht einmal ein Pflichtenheft. Nur die Codebezeichnung – Gelassenheit. Der alte Knacker hat seine Miezen neun Jahre auf Kosten von MikroKrieg, InSichRass und der Öffentlichkeit durchgefüttert ... Das letzte Mal, als ich die Inventurlisten sah, waren da noch Elefanten. Was ist aus denen geworden?«

»Einer ist ausgebrochen und getötet worden.«

»Wie?«

»Er hatte den Luftkissenzug zwischen London und Brighton zum Entgleisen gebracht. Der andere ist an gebrochenem Herzen gestorben.«

»Hm. Wir müssen wirklich diese verschwundenen Katzen aufspüren. Die Akten, Sie wissen doch. Meine Akten müssen absolut einwandfrei sein.«

»Ja, Dr. Perrywit.«

»Perfektion, Symmetrie, Ordnung, Sparsamkeit – alles verschwindende Ideale, Dr. Slink, in einem Zeitalter des Chaos. Aber solange ich lebe, werde ich mich bemühen, sie ...« Plötzlich kam ihm ein brillanter Gedanke. »Sie brauchen sich wegen der überlebenden Tiere keine Sorgen zu machen. Ich glaube, ich habe eine Lösung, eine elegante Lösung. Sorgen Sie unterdessen dafür, daß sie genug zu fressen bekommen. Sie sind für sie verantwortlich.«

»Ja, Dr. Perrywit. Danke.« Sie wandte sich zum Gehen.

»Oh, und noch etwas, Dr. Slink ...«

Sie wandte sich halb um. Ihre stolzen lebenden Berge starrten ihn mit ihren verborgenen Röntgenaugen in den Brustwarzen angewidert an.

»Sie sehen«, krächzte er, »Sie sehen heute morgen sehr – äh – effizient aus.«

»Danke, Dr. Perrywit.« Ihre Nasenflügel vibrierten, und eine Braue hob sich einskommafünf Millimeter, dann wandte sie sich um und öffnete die Tür. Sie schloß sie lautlos hinter sich.

Dr. Perrywit nahm eine weitere Pille und begann, sich mit seiner eleganten Lösung zu befassen.

Nachdem er sein Erbe angetreten hatte, war der Marquis von Middlehampton mit Erbschaftssteuern von etwa drei Millionen belastet worden. Also hatte er vernünftigerweise seinen Besitz Middle Acres in eine Kombination aus Touristenzentrum und Naturpark verwandelt. Was er wohl sagen würde, wenn man ihm das großartige Geschenk von drei großen Katzen machen würde?

Und der jüngere Bruder des Marquis war kein geringerer als der Koordinator für Spiele, Wettbewerbe und Quizprogramme von NaTel. Die einzige Frage war nur, ob man – in diesen Zeiten zerbröckelnder Wertvorstellungen – sich noch auf den Adel verlassen konnte, daß er auch seinen Verpflichtungen nachkam?

5

Das Bett sah aus wie ein Schlachtfeld – was es ja in mancher Hinsicht auch gewesen war. Gabriel, nackt, lag mit einem befriedigten Lächeln um die Lippen und mit schwarzen Ringen der Erschöpfung um die Augen gegen das Kissen gelehnt da. Camilla hatte nicht übertrieben, als sie behauptet hatte, sexuell erregt zu sein. Schließlich hatte er mit ihr nicht mehr Schritt halten können – und das ärgerte ihn, weil er es eigentlich gewollt hatte.

Camilla, ebenfalls nackt, stützte das Kinn auf die Hände und starrte durch das Fenster auf die Baumwipfel im späten Morgenlicht hinaus. Die Energie des Kindes war erstaunlich. Als der Morgen schon fast gedämmert und Gabriel besorgt an eine Bluttransfusion und oder K.o.-Tropfen gedacht hatte, war sie aus dem Bett ihrer Leidenschaften aufgestanden, um die Tiere zusammenzutreiben, die einen kurzen Zeitraum diskreter Freiheit im Garten genossen hatten. Sie hatte sie im Keller freigelassen, den Autostaubsauger im Erdgeschoß eingeschaltet, einen Topf lebensrettenden Tees gemacht und anschließend sich und Gabriel die dringend benötigten Anti-Kater-Spritzen verabreicht.

Anschließend folgte weitere Ekstase. Jetzt war Gabriel völlig erschlafft, aber Camilla sah immer noch frisch genug für weitere ein oder zwei Runden aus. Zum Glück hinderte sie das P 939 daran, ihre Wünsche aggressiv vorzutragen.

»Ich glaube, ich werde eine Gottmaschine fragen«, sagte sie.

Gabriel, dessen Gedanken – soviel es davon im Augenblick noch gab – an verschiedenen anderen Orten geweilt hatten, sah sie verblüfft an. »Eine Gottmaschine? Wovon hatten wir denn gesprochen?«

»Von nichts. Ich habe nur nachgedacht.«

»Worüber hast du denn nachgedacht?«

»P 939. Eustace. Uns. Die Welt. Die Menschen. Die Verantwortung. Aber größtenteils über P 939.«

»Ah, ja. P 939.«

Sie grinste. »Du kannst dich mit absoluter, vierundzwanzigkarätiger Sicherheit darauf verlassen, daß du es jetzt auch hast, Liebling . . . Und damit sind's zwei.«

Er runzelte die Stirn, schüttelte den Kopf und lächelte dann. »Ja, und dann sind's zwei. Du hast es dir von Eustace geholt, vermute ich?«

»Nicht in dem Sinne. Tatsächlich«, und sie kicherte, »habe ich es per Injektion erhalten.«

»Ist es genau derselbe Virus, den die Tiere haben?«

»Nein, aber ein naher Verwandter. Eustace hat speziell für Menschen welche gezüchtet.«

»Verstehe.« Gabriel schwieg eine Weile. »Diese MikroKriegs-Leute, für die Eustace gearbeitet hat – die wissen doch sicher genau Bescheid darüber.«

»Nein.«

»Warum nicht?«

»Weil Eustace es ihnen nicht sagen wollte. Palastpolitik und all der Scheiß. Eustace sagte, sie hätten ihm ein unmögliches Projekt verpaßt, bloß um ihn zum Schweigen zu bringen. Und so – das war typisch für seinen verdrehten Humor – führte er das Projekt zum Erfolg und sagte niemandem etwas davon. Er ist nach Sussex gegangen, hat dort seinen kleinen Zoo und das Labor organisiert und ist – soweit das MikroKrieg anging – untergetaucht.«

»Ich mag deinen Eustace.«

»Ich habe ihn auch gemocht. Manchmal.«

Gabriel überlegte. Er war sehr müde. Das Denken kostete Mühe. Schließlich kam er zu dem offensichtlichen Schluß. »Es läuft also darauf hinaus: Eustace hat es gekocht, du und ich, wir haben es jetzt, und sonst weiß das niemand.«

»Süßer, genauso steht's. Daher die Gottmaschine. Das Ding ist größer als wir beide.«

Gabriel zog ein Gesicht. »Ich wünschte, ich wäre jetzt wieder in Form. Was passiert denn nachher?«

»Eustace hat es nicht an Menschen ausprobiert. Deshalb kam mir ja die Sache mit der U-Bahn so komisch vor. Schließlich hatte ich mir gedacht, nachdem er mich doch schon mit dem Zeug vollgepumpt hatte, würde er am Leben bleiben wollen . . . Bei Löwen und dergleichen dauert die Sexy-Phase etwa zehn Tage. Dann kommt Phase Zwei – Eßdrang. Das dauert etwa einen Monat. Anschließend Hypersensitivität und völlige Ruhe.« Sie küßte ihn. »Ich hoffe, du bedauerst die Arbeit dieser Nacht nicht, Liebling. Eustace hat nicht gesagt, ob es für die Bücherskulptur gut ist.«

Gabriel gab sich redliche Mühe, ihre Küsse zu ignorieren. »Bist du religiös, Camilla?«

»Ich weiß nicht. Ich habe mir nie die Zeit genommen, darüber nachzudenken.«

»Warum dann die Gottmaschine?«

»Nun, Leute kann man ja nicht fragen, oder? Eine Meinungsforschung würde nicht funktionieren.« Sie kicherte. »Entschuldigen Sie, gnä' Frau. Ich vertrete hier eine neue Geschlechtskrankheit, welche die Aggressionen behindert, und ich hätte gerne von Ihnen erfahren . . . Nein, Gabriel. Wenn du einen Fremden mit so etwas anquatschst, holen dich kurz darauf die Büttel. Und dann grillen sie dich – ein T-Bone Spezial. Dann kommt MikroKrieg, und am Ende steckt dich InSichRass wahrscheinlich lebenslänglich weg.«

Gabriel dachte etwas bedrückt über diese Aussicht nach. »Ich habe einen Freund, der behauptet, die Gottmaschinen seien nicht ehrlich.«

»Was heißt ›nicht ehrlich‹?«

»So verstellt, daß sie Interessenten Informationen liefern. Kathoprot ist der größte Industriekonzern in der westlichen Welt. Es verfügt über mehr Daten über mehr Leute – als sämtliche Abwehrdienste zusammen. Wäre es denn nicht logisch, Informationen zu verkaufen, die nützlich sind?«

Camilla lächelte. »Du vergißt etwas. Millionen und aber Millionen benutzen die Gottmaschinen. Man würde eine riesige Armee brauchen, um sich durch all diese langweiligen Geheimnisse hindurchzuarbeiten. Und dann würde man Tausende von Experten brauchen, um zu entscheiden, was nützlich ist und was nicht . . . Nein, Gabriel, das ist unmöglich.«

»Mit einem Computer ginge es doch.«

Sie schwieg eine Weile. Dann schüttelte sie den Kopf. »Geht nicht. Zu gefährlich. Der Wohlstand von Kathoprot basiert auf der Idee völliger Abgeschiedenheit und streng unparteiischer Haltung. Die Leute vertrauen den Gottmaschinen. Schließlich soll es zwischen Gott und uns so sein. Wenn Kathoprot dieses Verkaufsargument verlöre, würde doch niemand mehr zur Beichte gehen, oder?«

»Ich bin trotzdem nicht der Meinung, daß wir einer Gottmaschine etwas über P 939 sagen sollten.«

»Darling, es sind doch nur Computer, die mit anderen Computern gekoppelt sind.«

»Warum dann einen konsultieren?«

»Weil sie eine ganze Menge mehr wissen als wir. Weil sie, wenn man ihnen Daten eingibt, Ergebnisse vorhersagen können, auf die wir nie kommen würden . . . Weißt du, ob P 939 im Wesen etwas Gutes oder etwas Schlechtes ist?«

»Nein.«

»Ich auch nicht. Aber eine Gottmaschine weiß das. Und dann wird sie uns sagen, was wir bezüglich des Virus unternehmen sollen.«

»Schließen wir einen Kompromiß. Wenn du darauf bestehst, eine Gottmaschine zu konsultieren, so gibst du ihr keine Informationen, durch die man uns aufspüren könnte. Du erwähnst Mikro-Krieg nicht und die Forschungsarbeiten auch nicht. Du stellst nur allgemeine Fragen, wie zum Beispiel, was geschehen würde, wenn es eine ansteckende Krankheit gäbe, welche die Aggressionen beseitigt.«

»Also gut, so machen wir es. Zufrieden?«

»Ich glaube schon ... Ich wünschte, ich könnte klarer denken.«

»Laß es bleiben. Es ist wirklich nicht eilig.« Camilla gähnte und streckte sich. Dann wandte sie sich Gabriel zu und begann seine Schultern zu liebkosen. Schließlich wälzte sie sich über ihn und begann an seinem Ohr zu knabbern.

Gabriel registrierte seine eigene Reaktion überrascht und gleichzeitig erschreckt. »Warum ruhen wir nicht ein wenig und nehmen ein Bad?« schlug er vor, ohne viel Hoffnung, daß sie darauf eingehen würde.

6

Als eineiige Zwillinge waren die Brüder Karamasow in der Spionagebranche etwas Einmaliges. Niemand wußte, daß sie eineiige Zwillinge waren. Genauer gesagt, niemand wußte, daß es mehr als einen Karamasow gab. Da sie gleichzeitig sparsam veranlagt waren und doch die guten Dinge des Lebens zu schätzen wußten, teilten sie sich während ihres Abstechers nach London ein Einzelzimmer im Dorchester Hotel.

Das Zimmer war auf den Namen von Peter Iljitsch Karamasow bestellt worden. Manchmal kamen Briefe für Mr. Peter Karamasow, dann wieder solche für Mr. Iljitsch Karamasow, aber da das Dorchester nur von einem Karamasow wußte, fand all diese Post ihren Weg in das Fach 504 und somit zu guter Letzt zum Zimmer

504. Die Couch war ebenso bequem wie das Bett, aber die Brüder wechselten sich demokratisch ab.

Ihre einmalige Position im Abwehrsektor war vor gut dreißig Jahren sichergestellt worden, als ihr Vater, Alexander, und ihre Mutter, Tanja, sich in Paris hatten scheiden lassen. Alexander ging mit Peter in die USA und Tanja mit Iljitsch in die UdSSR.

Vater und Mutter, die Agenten der unteren Kategorie gewesen waren – und vorwiegend erfolglose – und deren Leben weniger wegen der Aktivitäten der Spionageabwehr als wegen andauernder Unterernährung gefährlich gewesen war, arbeiteten mit vollem Einsatz am Großen Plan.

Dieser Große Plan verdankte seine Existenz Alexander, und, was ihn betraf, wiederum in erster Linie der häufigen Wirkung von billigem Kognak auf einen leeren Magen. Wenn man den jungen Peter und den jungen Iljitsch für künftige subversive Tätigkeiten in Washington bzw. Moskau ausbilden konnte, würde der Lebensabend ihrer Eltern außergewöhnlich angenehm sein.

Seltsamerweise funktionierte der Plan sogar bis zu einem bestimmten Punkt. Peter, als russisch sprechender naturalisierter Amerikaner, mit einem guten Kopf für Politik, wurde von einem leergesichtigen anonymen Angestellten des Ausschusses für Internationale Verständigung beinahe vor dem Zeitpunkt rekrutiert, an dem er den Stempel und die Unterschrift auf seinem Diplom für Kreative Gehirnwäsche gefälscht hatte. Iljitsch, als englisch sprechender Russe, Mitglied der Karl-Marx-Liga für Geistige Gesundheit und ein junger Mann, der außergewöhnliche Loyalität für den Staat demonstriert hatte, indem er die politische Instabilität seiner Mutter denunziert hatte, wurde von den Sozialisten zur Ausbildung für Inspirierte Unternehmungen zugelassen.

Obwohl Iljitsch veranlaßt hatte, daß Mutter in Sibirien kaltgestellt wurde, während Peter seinem Vater einen Blitzkurs für Degenerativen Alkoholismus in New York finanzierte, lief der Große Plan mit nur einer geringfügigen Modifikation ab.

Am Ende war das Cominunder, wie sich das *Committee for International Understanding* abgekürzt nannte, geradezu begeistert davon, als man ihm bewies, daß Agent Peter Karamasow tatsächlich die russische Abwehr unterlaufen hatte. Socinunder – so nannten sich die *Sozialis for Inspirational Undertakings* – war ebenso von Ekstase erfüllt, als ihr ein Star-Agent bewies, daß er zum Allerheiligsten von Cominunder Zutritt hatte. Praktisch hatten sich Peter und Iljitsch einfach in Genf getroffen, um dort angenehme vierzehn Urlaubstage zu verbringen, die in einer langweiligen halben Stunde der Geschäfte endeten. Peter hatte das britische Projekt für nicht rückgängig zu machende Gehirnschäden gegen das französische Todesregenprojekt ausgetauscht, das Iljitsch geliefert hatte. Gemeinsam hatten sie anschließend ein Nummernkonto in der Schweiz eröffnet, auf das sie jeweils die Hälfte ihrer Prämien einzahlten.

Von diesem bescheidenen Anfang arbeiteten sie sich zu Höhepunkten geradezu künstlerischen Glanzes empor. Ihr Ziel war es, in zehn Jahren zehn Millionen neuer Schweizer Franken anzusammeln und dann in den Ruhestand zu gehen. Peters Ehrgeiz war es, sich eine kleine Pazifik-Insel zu kaufen und dort eine Nudistenkolonie für freie Liebe zu gründen, die auf gemeinsamer Elternschaft und der Aufgabe persönlicher Besitztümer basierte. Iljitsch wollte der erste russische Gouverneur von Kalifornien werden. Um beide Projekte zu ermöglichen, brauchten sie nur zehn Millionen neuer Schweizer Franken und anschließend einen Namenswechsel.

Zum augenblicklichen Zeitpunkt fehlten ihnen noch knapp drei Jahre und vier Millionen Franken. Bis zur Stunde hatten sie einander blind vertraut und in perfekter Harmonie zusammengearbeitet. Gelegentlich hatten sie einander sogar geholfen. War es nicht Iljitsch, der den Präsidenten der Vereinigten Staaten in Marokko vor einem Meuchelmörder gerettet hatte, als Peter wegen einer Ruhr nicht aktionsfähig gewesen war? Und war es nicht Peter, der den sowjetischen Gesandten aus Washington herausgeschmuggelt hatte, als der durchgedreht und versucht hatte, überzulaufen?

Aber im Augenblick war der Keim des Verdachts und des Mißtrauens zwischen ihnen erwacht – gesät, wenn auch unabsichtlich, von dem verstorbenen Professor Eustace Greylaw.

Es war Iljitsch gewesen, der den Vorschlag gemacht hatte, in England Urlaub zu machen. Es gab im Augenblick keine wichtigen Aufträge, wenn man einmal von dem Austausch des israelischen Anti-Roboter-Systems für die Roboterguerillas der Vereinigten

Arabischen Republik absah. Die Brüder würden sich einfach entspannen, sich ein paar Theaterstücke ansehen, einige Male ausgehen und von alten Zeiten reden.

Unglücklicherweise schlenderte Iljitsch eines sonnigen Nachmittags, kurz nach der Pensionierung von Professor Greylaw, im St. James Park umher und begegnete dort Dr. Slink von MikroKrieg. Sie saß auf seiner Bank und weinte. Auch sie gab sich der Illusion hin, daß Iljitsch Peter sei, der sie vor einigen Monaten verführt hatte, um sich die Kostenvoranschläge für den Etat von MikroKrieg zu beschaffen.

Sie weinte, weil Dr. Perrywit sie wegen ihrer Rechenkünste schikaniert und sich angewöhnt hatte, sie in letzter Zeit so seltsam anzusehen; außerdem weil ihr nicht klar geworden war, wieviel Geld Professor Greylaw ausgegeben hatte, ohne Belege dafür einzureichen; weil das Leben in MikroKrieg wesentlich weniger romantisch war, als sie ursprünglich angenommen hatte; und weil Dr. Perrywit sie immer noch persönlich für verschiedene verschwundene Tiere verantwortlich zu machen schien. Schließlich und endlich weinte sie, weil es ein wunderschöner Tag war und sie nackt im Gras tanzen wollte, umgeben von sonnengebräunten jungen Männern, die imstande waren, sie zu bewundern, ohne sie gleich berühren zu wollen.

»Peter!« schluchzte sie. »Peter! Wie nett, dich zu sehen! Komm und muntere mich etwas auf.« Sie wußte natürlich, daß Peter Karamasow für Cominunder arbeitete, aber das hatte in Wirklichkeit nichts zu sagen, weil sie ja schließlich alle auf der gleichen Seite standen. Und außerdem war er ein Gentleman.

Iljitsch erstarrte einen Augenblick lang, wurde dann Peter und rang sich ein freundliches Lächeln der Begrüßung ab. Das war nicht das erste Mal, daß ihm derlei widerfuhr.

»Vergib mir«, sagte er. »Jetzt wäre ich fast an dir vorbeigelaufen. Das ist einer meiner komplizierten Tage. Ich hatte in letzter Zeit ziemlich viel Ärger in Kairo . . . Die Ärzte sagten, ich würde gelegentlich mit Amnesie zu tun bekommen. Dein Gesicht – das konnte ich nicht vergessen, aber . . .« Er strich sich mit der Hand über die Stirn und setzte sich auf die Bank.

»Armer Peter. Armer, lieber Peter. Ich bin Dorothea, erinnerst du dich nicht? Dorothea Slink. InSichRass. MikroKrieg.« Sie betupfte sich die Augen und blickte dann bescheiden zu Boden. »Wir – wir haben letzten Winter zusammen gearbeitet.«

InSichRass. MikroKrieg. Damit war für Iljitsch der Urlaub vorbei. Jetzt war er wieder der Profi.

»Aber natürlich, Dorothea! Ich sagte ja, daß es nur kurz dauern würde. Wie geht es dir? Warum weinst du? Du mußt es mir erzählen.«

Und schon schüttete Dr. Slink ihr Herz vor ihm aus, erzählte ihm von Dr. Perrywit, Professor Greylaw, dem unmöglichen Etat und den verschwundenen Tieren. Sie vertraute Iljitsch/Peter auch an, daß sie einige Male versucht habe, mit Professor Greylaw in seinem Zoo in Sussex Verbindung aufzunehmen, aber daß der Professor ihr stets aus dem Weg gegangen sei. Einmal habe sie es bei ihm zu Hause versucht, aber auch das ohne Erfolg. Am Ende habe sie ihn *in absentia* entlassen müssen. Und im Zoo scheine sich tatsächlich nie etwas ereignet zu haben. Gar nichts sei dort gewesen, keine Forschung, gar nichts. Die Tiere wären sehr freundlich, außergewöhnlich freundlich sogar, und gelehrig. Sogar die großen könne man streicheln, und da gebe es ein Kaninchen, das tatsächlich mit einem Tiger spiele. Kein Wunder, daß die Tarnbezeichnung ›Projekt Gelassenheit‹ laute. Wirklich, es sehe so aus, als habe ihnen dieser verrückte Professor einen komplizierten, albernen Streich gespielt . . .

Iljitsch hörte sich Dr. Slinks Vortrag aufmerksam an, und als ihr Eifer etwas nachließ, munterte er sie mit geeigneten Fragen auf. Nach zehn Minuten war er überzeugt, daß Dr. Slink nicht mehr über diese geheimnisvolle Angelegenheit wußte, als sie ihm bereits erzählt hatte. Außerdem war er überzeugt, daß er hier etwas Hochinteressantem auf der Spur war. Der sechste Sinn der Karamasows erzeugte ein diskretes Geräusch in seinem Kopf, wie Bündel von Papiergeld, die auf einen Schreibtisch fallen.

Er gab sich große Mühe, blaß und abgespannt auszusehen, machte eine vage Andeutung bezüglich einer Verabredung mit seinem Psychiater, und vergaß sich, oder besser gesagt Peter, soweit, daß er Dr. Slinks Hand auf altmodisch kontinentale Weise küßte.

Einen Augenblick lang befingerte er nervös die Eisnadelpistole in seiner Tasche, aber zum Glück hatte die Frau seinen Lapsus nicht bemerkt.

»Du rufst mich doch an, Peter, ja? Es ist so nett, mit jemand Sympathischem reden zu können.« Sie senkte die Augen. »Ich lebe immer noch allein, mußt du wissen, und ich halte nicht viel von diesen gesellschaftlichen Anlässen außer Haus. Im Wesen bin ich wahrscheinlich ein Stubenhocker.«

»Meine liebe – meine allerliebste Dorothea«, sagte Iljitsch und überlegte sich dabei, daß ihr die damit angedeutete Intimität gefallen würde. »Ich werde dich nicht nur anrufen, ich werde dich nicht mehr aus den Augen lassen. Aber zuerst muß ich zu meinem Psychiater, und dann brauche ich ein oder zwei Tage, um einen Auftrag zu erledigen.«

»Ich verstehe. Ist das schrecklich, schrecklich streng geheim?«

»Schrecklich. Aber eines kann ich dir sagen: MikroKrieg wird mit dem Resultat zufrieden sein. Du weißt schon, Brüder beiderseits des Atlantiks. Verrate niemandem etwas. Es gibt Gefahren.«

»Ich verstehe. *Au 'voir.*«

»Wiedersehen.«

Sobald er Dr. Slink entkommen war, vergeudete Iljitsch keinen Augenblick mehr. Er brauchte eine halbe Stunde, um Professor Greylaws Privatadresse ausfindig zu machen und sich ein Ein-Zimmer-Appartement im fünfzehnten Stock zu mieten, das höchstens einen Kilometer von 1735, Babscastle Boulevard entfernt war und ihm einen freien Blick darauf bot. Dort baute er ein 50 x 50 Teleskop auf und spähte über die hohe Mauer, die den Garten des Professors umgab. Als der Abend dämmerte, sah er ein Kaninchen, das einen Löwen über den Rasen jagte. Später hob er das Teleskop etwas an und sah genüßlich Camilla dabei zu, wie sie sich zum Bad entkleidete. Eustace Greylaw genoß denselben Anblick, wenn auch aus der Nähe. Es schien ein paar Intimitäten zu geben, dann fiel Eustace ins Bad. Kurz darauf wurden die Lichter gelöscht. Iljitsch war enttäuscht und kehrte ins Dorchester zurück.

Peter war bereits in ihrem Zimmer. Iljitsch erzählte Peter nichts von Dr. Slink oder Professor Greylaw. Das war ein taktischer Fehler. Am folgenden Tag steckte sich Iljitsch ein wunderschönes, als Nelke getarntes Richtmikrophon ins Knopfloch und machte sich am frühen Morgen daran, den Professor aufzuspüren. Peter, der ebenfalls jenen sechsten Karamasow-Sinn besaß, stand ebenfalls früh auf und verfolgte Iljitsch. Alle drei begaben sich per Luftkissenzug nach Bognor Regis. Dann fuhren sie, jeder mit einem Robo-Taxi, in den Zoo.

Dieser lag in einem winzigen abgelegenen Tal und war von einem hohen Drahtzaun und den üblichen Tafeln mit der Aufschrift *InSichRass, Unbefugten ist der Zutritt verboten* umgeben. Der Professor sperrte das Tor auf und schloß es dann wieder hinter sich.

Iljitsch versuchte nicht einzutreten. Auch Peter nicht. Der Professor verschwand in einer der Hütten. Dann kam er wieder heraus und ging in eine andere Hütte. Aus verschiedenen kleinen Anlagen waren unbestimmte Tierlaute zu hören. Jetzt begann der Professor seine Lieblinge zu füttern.

Während Eustace einen Löwen streichelte, begriff Iljitsch, daß der Professor auf das Tier einredete.

Iljitsch zielte mit seinem Richtmikrophon, schätzte den Abstand ab, drehte die Lautstärke zurecht und schob sich den Knopf ins Ohr.

Sein Kopf hallte von dem donnernden Geräusch des schnurrenden Löwen wider. Er drehte die Lautstärke herunter und hörte somit nicht, was der Professor sagte. Schließlich begriff er den Rhythmus der Operation und schaffte es, Bruchstücke eines Monologs des Professors aufzuschnappen, ohne zu sehr unter dem Lärm zu leiden.

Was er hörte, überzeugte ihn, daß er seine Zeit nicht vergeudete.

»Wir werden's denen schon zeigen, was, Mieze? PURR PURR. Wir zeigen denen schon, daß Eustace Greylaw ein PURR PURR ist, auf den man hören muß. Wir werden PURR PURR die größte synthetische Krankheit auf der ganzen PURR PURR, bis jeder Mann und jede Frau und jedes Tier PURR PURR HATSCHI!«

Der Löwe hatte geniest.

Iljitsch riß sich den Hörer aus dem Ohr – zu spät. Der Schmerz wollte nicht nachlassen, und es dauerte eine Weile, bis seine Hände wieder aufhörten zu zittern. Schweiß trat ihm auf die Stirn.

Der Professor redete immer noch auf Mieze ein, aber die Karamasow-Neugierde war jetzt geringer als die Karamasow-Courage.

Schließlich schien Professor Greylaw, nachdem er sein Gespräch mit dem Löwen beendet hatte, auch seine Geschäfte im Zoo erledigt zu haben. Kurz darauf kehrten drei Robo-Taxis – in diskreten Abständen – nach Bognor Regis zurück.

Professor Greylaw, gefolgt von Iljitsch und dieser wiederum gefolgt von Peter – sie alle drei fuhren mit dem nächsten Schwebezug zur Victoria-Station in London zurück.

Während der Professor am Rand der Plattform in der U-Bahn-Station von Victoria-Station stand und auf einen Zug der Circle Line wartete, begann er erneut zu reden. Diesmal handelte es sich um ein Selbstgespräch, da ja keine Löwen zugegen waren, und abgesehen von den Gebrüdern Karamasow schien niemand sich für das zu interessieren, was er sagte.

Iljitsch hatte sich inzwischen genügend von der Lärmattacke erholt, um sein Knopflochmikrophon wieder einzusetzen. Aber auf der Plattform befanden sich auch andere Menschen, und einige standen zwischen ihm und dem Professor.

»Dann habe ich zu diesem Studenten gesagt (eine Mädchenstimme?), wenn du es noch mal so reinsteckst, dann . . . Und dann haben wir den Frierstrahl benutzt (ein männlicher Teeny), und dann haben wir den Opa die Treppen hinuntergerollt und . . .«

Es war hoffnungslos. Iljitsch nahm den Hörer aus dem Ohr.

Er beschloß, ein Risiko einzugehen. Er schob sich immer näher an Professor Greylaw heran, während er gleichgültig in die entgegengesetzte Richtung blicke. Gerade, als er neben dem Professor stand, sah er einen Augenblick lang Peter, der gleichgültig über den Rand eines Tri-Di Girlie-Magazins sah. Iljitsch stolperte überrascht. Er streckte die Hand aus, um sich Halt zu verschaffen. Die Hand berührte den Professor an der Schulter.

Der Professor unterbrach sein Selbstgespräch und drehte sich um.

Wenn es etwas gab, das Eustace Greylaw haßte, so waren das Plastikblumen. Das führte in seine Kindheit zurück. Mammy hatte immer gerne eine Menge munterer Plastikblumen in ihrer munteren Vorstadtwohnung gehabt. Daddy hatte sie erschossen. Eustace war in ein staatliches Heim für umweltgeschädigte Teenies gekommen.

Professor Greylaw und Iljitsch Karamasow standen einander gegenüber. Ganz kurz.

Und der Professor registrierte ein auf unbestimmte Art unsympathisches Gesicht und ein scheußliches Knopfloch. Angewidert trat er zurück. Der Zug fuhr in die Station.

Professor Greylaws Lippen bewegten sich, als er von der Plattform stürzte.

Iljitsch versuchte verzweifelt, seine Lippen zu lesen. Aber er schaffte es nicht.

Aber selbst wenn es ihm gelungen wäre, hätte er nicht viel erfahren.

Eustace Greylaws letzte Worte waren: »Mein Gott! Eine Plastiknelke!«

Iljitsch tauchte in der Menge unter. Peter tauchte in der Menge unter. Sie trafen sich vor der Station, suchten sich die nächste Autobar und bestellten sich japanischen Whisky.

»Warum hast du ihn getötet, Bruder?«

»Ich habe ihn nicht getötet. Warum hast du mich verfolgt, Bruder?«

»Ich habe dich nicht verfolgt.«

»Lügner!«

»Lügner!«

»Peter?«

»Iljitsch?«

»Du mußt mir glauben. Ich habe ihn nicht getötet.«

»Du mußt *mir* glauben. Ich bin dir nicht gefolgt. Aber ich weiß, daß du etwas hast, das du mir vorenthältst.«

»Es war zu früh. Ich hatte vor, dich zu informieren. Ich werde es dir jetzt sagen.«

»Gut. Dann wird alles so sein, wie es vorher war. Brüder und Genossen, Iljitsch.« Peter hob sein Glas.

»Ja, Brüder und Genossen, Peter.« Iljitsch hob sein Glas. »Alles wird so sein wie vorher.«

Aber selbst als er dem anderen alles gesagt hatte, was er wußte, war nicht alles so wie zuvor. Etwas Schönes war aus ihrem Leben genommen worden.

»Und er hat nichts zu dir gesagt, als er fiel?«

»Nichts, Bruder.«

»Ich habe aber gesehen, daß sich seine Lippen bewegten.«

»Ich auch. Doch ich habe nichts gehört.«

Peter Karamasow seufzte. *Ein* Nummernkonto in der Schweiz reichte jetzt nicht mehr. Bald würden es zwei sein müssen.

7

Obwohl die St. Paul's Cathedral etwas von dem vierzigstöckigen Winston Churchill Alkoholikerheim und dem fünfzigstöckigen Bertrand Russel Zwielichtturm (Freiwillige Euthanasie GmbH) in den Schatten gestellt wurde, behielt ihre Kuppel dennoch die stolze Patina und den Vogelkot der Zeiten, die Würde und das abgesplitterte Mauerwerk der Jahrhunderte. Sei Kathoprot der Religion wieder Schwung gegeben hatte – auf der Basis eines gesunden jährlichen Wachstums von sieben Prozent –, hatte es Veränderungen gegeben. Unausweichliche Veränderungen. Aber sie waren mit Geschmack und Weitblick durchgeführt worden, und hatten sich als gute Investitionen erwiesen.

Der Chor und der Hochaltar hatten natürlich der Betriebswirtschaftlichen Abteilung und dem Computerreferat weichen müssen, aber Sir James Thornhills Gemälde bewahrten immer noch ihre erhabene Prominenz, und dann gab es da auch Plastiknachbildungen der ursprünglichen Grinling-Gibbons-Schnitzereien, welche die elegant eingerichteten Direktionszellen schmückten.

Im Zentrum des Kirchenschiffes verlieh ein ewiger Brunnen irisierenden heiligen Wassers dem Herz der Kathedrale Bewegung und Leben. Die Zusammensetzung des Wassers entsprach den genauen Spezifikationen der Quelle von Lourdes, und in der erweiterten Krypta standen auf Mietbasis für jeweils zehn oder zwanzig Minuten tausend Badezellen zur Verfügung. Zu beiden Seiten des Schiffes reihten sich Auto-Beichtzellen, angeschlossen an vier

Gottmaschinen, die angemessenerweise in der Flüstergalerie untergebracht waren. Die Beichtstühle waren zur Annahme aller gängigen Währungen programmiert. Dank der erst kürzlich erfolgten Erfindung der perfekten Stereovision waren die Beichtstühle auch darauf eingerichtet, den vollen Kathedralen-Dienst in Amerikanisch, Russisch, Europarl, Afritawk und Chinesisch sowie (nach Tastenwahl) im modernen Kathoprot-Stil ebenso wie im alten griechisch-orthodoxen, anglikanischen und katholischen Stil zu liefern. Je nach den finanziellen Mitteln und der Zeit, die dem Besucher zur Verfügung stand, konnte die Messe Erster Klasse, Economy und in Mini-Ausführung entgegengenommen werden. Für zehn Pfund konnten sich bis zu sechs Leute zwei Stunden lang von Stereovisionsaufzeichnungen von Kardinal-Erzbischof Cyril Cantuar, dem NaTel Schwarz-Weiß-Chor und musikalischen Dramatisierungen einer Auswahl von Parabeln, Wundern und sortierten Predigten erbauen lassen. Alles war an den jeweiligen historischen Orten aufgenommen worden und wurde von autorisierten Schauspielern und Darstellern gespielt. Für die Geburt Christi, die Kreuzigung und die Auferstehung, alles Themen, die sich je nach Saison besonderen Zuspruchs erfreuten, wurde ein zehnprozentiger Zuschlag erhoben.

Außerhalb der Kathedrale hatte Kathoprot für die Bedürfnisse aller Besucher reichlich Vorsorge getroffen. Das antike Gebäude war vom Kathedralen-Empfang wie ein Zylinder aus Stahl und Hidumin umgeben. Dieser Zylinder enthielt eine unterirdische Kaffee-Bar in Form einer kreativ verbesserten Nachbildung einer Folterkammer der spanischen Inquisition, ein Restaurant im Stil der Sixtinischen Kapelle und schließlich das Heilige Grab, ein intimes Nachtlokal für Besucher in den späten Nacht- oder frühen Morgenstunden.

Über dem Dach des Empfangs verkündeten Plakattafeln fromme Ratschläge und bewegende, wenn auch selbstverständliche Wahrheiten: Gib Gott Deine Daten und lasse sie von Ihm bearbeiten – Gott trägt auch Dich in Seinem Speicher – auch Dich reinigt die große Waschmaschine des Himmels – Gott hat Computerzeit für alle.

Als Camilla und Gabriel am Empfang eintrafen, dämmerte es

bereits. Es herrschte ziemliches Gedränge, da viele Studenten, Proleten, Teenies, ja sogar Büttel und Prämienjäger es vorzogen, vor Antritt der nächtlichen Arbeit zur Beichte zu gehen. Auf den Leuchttafeln war zu lesen, daß die Wartezeit momentan zwanzig Minuten betrug. Camilla ging an den Schalter und zahlte für zehn Minuten Rat/Beichte für zwei. Sie erhielt eine numerierte Plakette, auf der Datum und Zeit der Einzahlung sowie der Betrag und die beanspruchte Computerzeit eingraviert waren, und begab sich mit Gabriel in die Spanische Inquisition, um dort Irish Coffee zu sich zu nehmen.

Zu ihrer Überraschung schafften sie es, einen Tisch für sich allein zu bekommen. Gabriel war ziemlich wortkarg, zum Teil, weil er die Gottmaschinen ablehnte, zum Teil auch, weil er sehr müde war.

Er nippte eine Weile schweigend an seinem Kaffee und warf dann einen Blick auf die Zahlentafel an der Wand. Die Ziffern änderten sich ziemlich schnell, im Augenblick war das Zählwerk bei achttausendeinhundert angelangt.

»Welche Nummer haben wir?«

Camilla sah auf ihre Plakette. »Achttausendneunhundertsieben.«

»Höchstens noch zehn Minuten. Es sei denn, es kommen ein paar wohlhabende Bürger, die sich eine Menge Computerzeit leisten können . . . Vergiß nicht, was wir vereinbart haben, Camilla. Falsche Namen. Alles falsch.«

»Alles falsch«, lächelte sie. »Du bist zu vorsichtig, Gabriel. Ich glaube, ich liebe dich.«

»Ich liebe dich auch . . . und was ist, wenn er uns jetzt sagt, wir sollen zu InSichRass gehen und dort alles gestehen?«

»Dann wird er uns auch Gründe dafür nennen. Wir könnten gefährliche Leute sein, eine Gefahr für die Gesellschaft und all das. Schließlich, wenn wir einander nicht treu bleiben . . .«

»Ich möchte gerne eine Gefahr für die Gesellschaft sein«, sagte Gabriel. »Übrigens, hat Eustace jemals etwas über Gegenmittel oder dergleichen gesagt?«

»Er schien von der Resistenz von P 939 ziemlich überzeugt. Ich glaube, er war der Ansicht, daß es ziemlich schwierig sein würde, etwas dagegen zu unternehmen . . . Ich glaube, es hilft auch, daß noch niemand von seiner Existenz weiß.«

»Das werden sie schon erfahren«, meinte Gabriel niedergeschlagen. »Ganz bestimmt.«

»Außerdem hat es wirklich nichts zu bedeuten. Wir haben ja kein Verbrechen begangen.«

»Eustace schon, und du und ich, wir sind seine Komplizen. Wir haben uns in den Besitz gestohlener Bakterien gesetzt. P 939 gehört MikroKrieg. Und ebenso auch die Tiere, die Eustace gestohlen hat.«

»Ah ja, die Tiere. Da müssen wir etwas unternehmen. Abgesehen davon, daß sie MikroKrieg gehören, ist es ziemlich anstrengend, mit ihnen zusammenzuleben.«

Camilla sah auf das Zählwerk und stellte fest, daß ihre Nummer gleich drankommen würde.

»Trink deinen Kaffee aus. Es ist beinahe Zeit für göttliche Beratung. Wenn wir unsere Nummer verpassen, können die Wartezeit berechnen.«

Sie gingen zum Haupteingang der Kathedrale, empfingen von dem diensthabenden computergesteuerten Priesterautomaten ein wohlwollendes Lächeln, schoben die Plakette in den Schlitz und warteten einen Augenblick, bis die Gottmaschine dem Priester gesagt hatte, in welche Zelle er sie schicken sollte.

Offenbar war der Priesterautomat darauf programmiert worden, mit irischem Akzent zu sprechen: »Was für ein schöner Abend, um die Last von oirrer Seele zu nehmen, irr Lieben. Seine Emminenz wird Sie in B 27 empfangen. Errste links, zweite rrechts, und geht mit Gott.«

Die Zelle selbst war völlig abgeschlossen, klimatisiert und geschmackvoll eingerichtet. In ihrem Inneren standen sechs Kontursessel vor dem Stereovisionsschirm, der den Insassen der Beichtzelle die Illusion vermittelte, sich völlig allein in einer riesigen, menschenleeren Nachbildung der Kathedrale zu befinden. Als Camilla und Gabriel auf den Kontursesseln Platz nahmen, verdunkelte sich der Raum. Der Duft von Sommerwäldern erfüllte die Luft, und das Rascheln von Blättern in einer leichten Brise war zu vernehmen. Das Stereovisionsbild der Kathedrale verblaßte und ging in einen herrlichen Sonnenuntergang über.

Am Himmel stand eine riesige Wolke, deren Ränder von rosigem Schein übergossen waren. Auf der Wolke stand eine dramatische Figur, wie aus dem Werk El Grecos, eingehüllt in einen strahlenden Mantel der Majestät. Sie schien weit entfernt und gleichzeitig auf seltsame Weise nah. Unter der Wolke waren die Worte: *Deus ex Machina* in den Sonnenuntergang eingeprägt.

Und die Göttlichkeit sprach – in ausgezeichnetem Englisch der Mittelklasse – und die Worte hallten, als kämen sie aus der Ewigkeit des Weltraumes.

»Seid gegrüßt, meine Kinder«, sagte die Göttlichkeit. »Gebt mir eure Last und lebt in Frieden.«

Jetzt lieferte Johann Sebastian Bach einen kurzen Beitrag in Gestalt einer eingeblendeten, fünfundvierzig Sekunden dauernden Phrase aus Toccata und Fuge in D.

Die Göttlichkeit wurde dann etwas informeller: »Meine Kinder, wir sollten einander besser kennenlernen, und was euch belastet, soll den großen Gedächtnisspeichern der Ewigkeit eingeprägt werden. Namen, bitte.«

»Marilyn Monroe«, sagte Camilla. »Ich wohne im Union Tower, Highgate.«

»Michael Angelo«, sagte Gabriel. »Barbican Siebzehn.«

»Marilyn und Michael«, sagte die Göttlichkeit mit weicher Stimme. »Wisset, daß ihr mir nahe seid. Wer von euch will zuerst zu mir sprechen?«

»Ich, Vater«, sagte Camilla.

»Dann sprich, meine Tochter. Sag mir, was du auf dem Herzen hast.«

»Nun, Vater«, begann Camilla, »das Problem ist eigentlich nicht unseres. Es betrifft einen unserer Freunde. Er glaubt, er habe eine ansteckende Krankheit erfunden, welche die Leute daran hindern wird, einander Schmerz zuzufügen oder zu töten. Er will wissen, was er tun soll.«

»Kind, euer Freund sollte jetzt bei uns sein. Wo ist er?«

»Er wird nicht kommen, Vater. Ihm fehlt noch die Einsicht.«

Die Göttlichkeit seufzte. »Mich erfüllt tiefe Trauer für diejenigen, welche Augen haben und doch nicht sehen können. Mich erfüllt tiefe Trauer für jene, die es vorziehen, in der Dunkelheit zu wandeln ... Wie heißt er?«

»Vater, das kann ich nicht sagen. Er hat uns gebeten, seinen Namen für uns zu behalten.«

Die Göttlichkeit empfand sichtlich tiefe Trauer. »Tochter, zwischen uns sollte es keine Geheimnisse geben ... Ist euer Freund ein Wissenschaftler?«

»Ja, Vater.«

»Wird die Krankheit von Mikro-Organismen übertragen?«

»Ja, Vater.«

»Hat euer Freund seine Krankheit an lebenden Geschöpfen nachgewiesen?«

»Ja, Vater.«

Die Göttlichkeit veränderte ihre Haltung auf der Wolke und wirkte jetzt auf eine sanfte Art streng.

»Meine Tochter, euer Freund befindet sich in einem Zustand der Sünde – sofern seine Arbeit nicht von bevollmächtigten Vertretern der Regierung und/oder einem verantwortlichen industriellen Forschungsprogramm sanktioniert worden ist.«

Gabriel beschloß, sich einzuschalten. »Unser Freund arbeitet nur für seine eigenen Interessen. Er wünscht lediglich zu wissen, ob es gut wäre, wenn die Menschen nicht mehr imstande wären, Krieg zu machen.

»Krankheit ist die Geißel Gottes«, sagte die Göttlichkeit ernst. »Die Menschen sollen sich nicht anmaßen, in die Gesetze der Natur einzugreifen – sofern ihnen nicht die dafür erforderliche Autorität verliehen ist. Es ...« Die Göttlichkeit hielt inne und schien plötzlich vor ihnen anzuwachsen, immer größer wurde sie, und die Wolke verschwand, bis sie, wie aus einer Nahaufnahme, mit gefurchter Stirn vor ihnen am Himmel hing. »Meine Kinder, ihr selbst habt schwer gesündigt. Marilyn Monroe lebt nicht im Union Tower, Highgate. Es gibt keinen Union Tower, Highgate. Michael Angelo lebt nicht in Barbican Siebzehn ... Wenn ihr nicht krank seid, meine Kinder, oder unter Drogeneinfluß steht, dann kann in euren Herzen nur Böses wohnen. Hier im Hause Gottes habt ihr das Recht, jederzeit alles zu sagen. Ihr habt sogar das Recht, die Wahrheit vor uns zu verbergen. Dies ist das Maß der unendlichen

Gnade . . . Aber wenn ihr Vertrauen habt, so rate ich euch, ruhig abzuwarten, während ich Priester des Psychiatrischen und Sozialen Ordens rufe, die euch helfen . . .«

Gabriel wartete nicht, bis die Stimme zu Ende gesprochen hatte. Er sprang aus seinem Kontursessel, als hätte ihn etwas gestochen. Seine Hand legte den Hauptschalter um und brachte Licht in die Beichtzelle. Das Stereovisionsbild verblaßte. Wahrscheinlich waren die PSO-Priester bereits unterwegs.

»Gabriel, was . . .«

»Keine Zeit! Schnell!« Er packte Camillas Hand und zog sie zur Tür. Diese schien verklemmt.

Wild fluchend, rannte Gabriel an das Hauptschaltbrett und drückte dort jeden Knopf, den er finden konnte. Er bestellte griechisch-orthodoxe, anglikanische und katholische Messe erster Klasse auf russisch, europarl und afritawk. Er bestellte den Schwarz-Weiß-Chor, drei Wunder und die Kreuzigung.

Immer noch fluchend und dem Anschein nach mit übermenschlichen Kräften gesegnet, riß er das Schaltpult aus der Wand und warf es in den Stereovisionsschirm. Und dann fand er, was er die ganze Zeit gesucht hatte – den roten Alarm- und Feuerknopf, der gemäß den Kathoprot-Feuer-Vorschriften, Paragraph 92 B in jeder Zelle installiert sein mußte. Er drückte ihn.

Die Tür öffnete sich automatisch, heftiger Regen schien von allen Seiten zu fallen, und eine kreisförmige Deckenplatte senkte sich herab. Aus der Richtung des Stereovisonsschirms schrillte eine zu schnell ablaufende Stimme: »Gehet hin und vermehrt euch! Gehet hin und vermehrt euch! Gehet hin und vermehrt euch!«
Gabriel und Camilla flohen.

8

Dr. Slink war mit ihrem geheimen zweiten Ich in ihrem Appartement im fünfundzwanzigsten Stockwerk des Margot-Fonteyn-Haus in Shepherds Bush allein. Das Appartement wirkte auf eine üppige Art feminin und war bis zum Rand vollgestopft mit Rüschen und Nippesartikeln. Eigentlich war es nicht so sehr ein Appartement wie ein Boudoir der Seele. Es enthielt die Plastikreproduktion eines Himmelbetts, auf dem sie – eines Tages – von einem Prinzen oder zumindest einem Vorstandsmitglied von NaTel geschändet zu werden hoffte. Sie besaß einen persischen Teppich, ein Tigerfell und einen Ziegenfellteppich. Über dem Kamin hing *Blindmann's Buff* von Fragonard und im Badezimmer *Napoleon in his Study* von Davis. Manchmal zitterte sie etwas, wenn sie beim Baden Napoleon ansah. Vielleicht war in seinem durchdringenden Blick eine Andeutung von Dr. Perrywit ...

Es war Abend, und das Elektroschloß der Tür war gesichert, die Studentenalarme eingeschaltet, und neben ihrem Bett lag der Eisluftstrahler. Dr. Slink hatte sich ganz den geheimsten Träumen jener Waldnymphe namens Dorothea hingegeben. Sie saß nackt auf dem Ziegenfellteppich und aß Schokoladencreme und lauschte Bandaufzeichnungen von Strauß-Walzern. Sie war im Himmel. Sie träumte. In ihren Augen standen Tränen, aber sie hielt sie tapfer zurück, und um ihre Lippen spielte ein Lächeln. Die Lady Dorothea wollte das Herz ihres Liebhabers nicht mit der Schwäche einer Frau belasten, wenn er doch im nächsten Augenblick hinaustreten und sich den Kanonen, Musketen und Schwertern stellen mußte.

Der Graf von Organdie erwiderte ihr Lächeln fröhlich. Man konnte kaum glauben, daß erst vor wenigen Augenblicken der Oberst des Regiments in den Ballsaal getreten war und mit seiner polternden und doch so liebenswerten Stimme gesagt hatte: »Ladies, vergebt. Gentlemen, der Feind hat unsere Grenzen überschritten. Es ist unsere Pflicht, ihm entgegenzureiten und am Scharlachroten Fluß standzuhalten, bis die Große Armee uns Entsatz bringt. Meine Herren, ich glaube, unserem einen Regiment stehen neun gegenüber. Aber wir kennen unsere Pflicht. Der Feind soll weder an uns vorbeiziehen noch soll er, bei der Gnade Gottes, über uns hinwegziehen . . . Wählen Sie Ihre Partner für den letzten Walzer.«

Und da war der Graf nun, so jung und so furchtlos, und da war die Lady Dorothea, die so tapfer die Angst in ihrem Herzen verborgen hielt.

Und da war jetzt der Türsummer, wie in Synkopen zu der ruhmreichen Musik von Strauß.

Dr. Slink hörte das Türsignal und erstarrte einen Augenblick lang. Dann küßte sie den Grafen von Organdie so schnell wie der Blitz und schickte ihn hinaus in den Krieg. Und gleichzeitig nahm sie sich der praktischen Dinge an. Sie schaltete das Bandgerät ab, holte sich einen gesteppten grünen Katzenanzug vom Kleiderhaken, zog den Reißverschluß zu und schob sich, als wäre ihr das im letzten Augenblick eingefallen, den Eisluftstrahler in eine verborgene Tasche.

Schließlich ging sie zur Tür und spähte durch den Weitwinkelspion hinaus.

Das Gesicht auf der anderen Seite war ihr vertraut. Sie betätigte den Mechanismus des Elektroschlosses und öffnete die Tür.

»Oh, Peter, wie nett, daß du kommst! Was für eine reizende Überraschung. Komm rein.«

Sie öffnete die Tür. Diesmal war es wirklich Peter. Er trat ein.

»Meine liebe Dorothea. Du siehst heute noch reizender aus als je zuvor.« Er seufzte. »Eines Tages werde ich dir, hoffe ich, die Dinge sagen können, die . . ..« Mehr brauchte er nicht zu sagen. Dr. Slink schwebte im siebenten Himmel.

»Wenn ich gewußt hätte, daß du kommst, hätte ich etwas Besonderes angezogen. Setz dich doch.« Ganz die perfekte Gastgeberin, bot sie ihm die echte Nachbildung des J.F.K.-Schaukelstuhls an. Peter Karamasow setzte sich.

»Ein Drink?«

»Bitte.«

»Mit Eis?«

»Mit Eis.«

Dr. Slink drückte einen Knopf an ihrem antiken Bücherschrank, und die gesammelten Werke von Charles Dickens versanken in der Tiefe und gaben den Blick auf eine Reihe von Flaschen und Gläsern frei. Sie drückte einen weiteren Knopf, und Thackeray wich dem Eisfach. Dann füllte sie zwei Gläser großzügig mit Scotch. Es wäre unhöflich, dem lieben Peter nicht Gesellschaft zu leisten. Außerdem würde der Scotch ihr helfen, etwas zu entspannen. Der ätherische Graf von Organdie war der Realität eines gutaussehenden Geheimagenten nicht gewachsen.

»*Salud.*«

»*â votre santé.*«

»Dorothea?«

»Ja, Peter?« Sie kuschelte sich in einem echten viktorianischen Fauteuil zurecht und sah ihn erwartungsvoll an.

»Du erinnerst dich doch, was wir gesprochen haben, als wir uns neulich im Park begegneten?«

»Es tut mir so leid, Peter. Wirklich. Ich wollte dir nicht mein Herz ausschütten, dich nicht mit meinen Problemen belasten – besonders, nachdem es dir doch in Kairo so übel ergangen war ... Ich hoffe nur, dein Psychiater hat die Amnesie kurieren können. Einen schrecklichen Augenblick lang dachte ich, du hättest mich völlig vergessen.«

Kairo? Psychiater? Amnesie? Einen Augenblick geriet Peter Karamasow aus dem Gleichgewicht. In dem wenigen, das Iljitsch ihm berichtet hatte, waren diese Dinge nicht vorgekommen. Vielleicht waren sie unwichtig.

»Äh, ja. Alles in Ordnung. Vielen Dank. Aber jetzt zu Professor Greylaw.«

»Oh, der arme Mann! Er ist tot. Ich hoffe, er hat sich nicht getötet, weil –«

»Dorothea, ich muß dir etwas sagen. Ich war zugegen, als er starb.«

»Aber –«

»Die Macht des Zufalls, meine Liebe. Die Ironie des Schicksals, die das Leben von Menschen wie dir und mir miteinander verbindet.« Plötzlich wurde ihm bewußt, daß er im Begriff war, zu übertreiben, und er kam zur Sache. »Man hat mich nach England geschickt, um die Aktivitäten eines gefährlichen russischen Agenten zu neutralisieren, der, wie ich hinzufügen darf, anscheinend einen Komplizen hat, welcher in MikroKrieg tätig ist.«

»Meine Güte! Meine Güte!«

»Ich verstehe deine Überraschung. Meine Aufgabe wurde noch dadurch erschwert, daß wir nicht wußten, welchen Auftrag der Agent hatte.«

»Du meinst –

»Ich meine, daß ein Mann, der unter dem Decknamen Dostojewski operiert, den Auftrag hatte, Professor Greylaw zu ermorden ... Hätte ich das gewußt, so hätte ich die Tat verhindern können. Unglücklicherweise wußte ich es nicht.«

»Aber das ist ja schrecklich. Wirklich schrecklich. Ich muß es Dr. Perrywit sagen. Ich muß –«

»Du mußt es niemandem sagen«, erklärte er streng. »Niemand steht außer Verdacht. Ich habe sogar Grund zu der Annahme, daß dein Dr. Perrywit für den Osten tätig ist.«

»Unmöglich.« Dr. Slink zitterte. Sie nahm einen weiteren Schluck Whisky, aber der schien keine Wirkung auf sie zu haben.

»Du bist die einzige, der ich vertrauen kann, Dorothea. Viel hängt jetzt von deiner Diskretion und deinem Mut ab. Was deinen Dr. Perrywit angeht – er ist doch ziemlich neu in MikroKrieg, oder?«

»Ja, Peter.«

»Was hat er in letzter Zeit getan?«

»Er versucht, den Etat um fünfzig Prozent zu reduzieren.«

»Das bedeutet die Streichung bestimmter Projekte?«

»Ja, Peter.«

»Und bestimmter Leute?«

»Ja, Peter.«

»Ah!« In den Augen von Peter Karamasow blitzte es triumphierend auf. »Bringt dich das nicht auf etwas, Dorothea? Deutet das nicht an, daß Dr. Perrywit in Wirklichkeit die Leistungsfähigkeit von MikroKrieg reduziert?«

Dr. Slink nickte niedergeschlagen. Sie brachte kein Wort hervor.

»Und nachdem Dr. Perrywit für Professor Greylaws Entlassung verantwortlich war – deutete das nicht an, daß er wußte, daß Projekt Gelassenheit mit Erfolg abgeschlossen war und daß es, sobald der Professor entfernt war, leichter sein würde, dafür zu sorgen, daß gewisse Interessenten sich ausschließlich in den Genuß der Früchte seiner Arbeit bringen konnten?«

Wieder brachte sie kein Wort hervor.

»Weißt du etwas über Projekt Gelassenheit, Dorothea?«

»Nein, Peter. Ich – ich glaube nicht, daß irgend jemand darüber Bescheid weiß.«

»Mit Ausnahme von Dr. Perrywit vielleicht.«

»Das glaube ich nicht. Er scheint von dem Projekt ebenso verwirrt wie ich.«

»Das liegt doch auf der Hand, nicht wahr – ich meine, falls er für den Osten arbeitet?«

»Ja, wahrscheinlich.«

Peter Karamasow leerte sein Glas und bedachte Dr. Slink mit einem durchdringenden Blick. »Ich bin überzeugt, Dorothea, daß Professor Greylaw ein großer Menschenfreund war. Ich bin überzeugt, daß er eine Droge entwickelt hat, die den Drang zum Töten zerstört. Schließlich hast du mir ja selbst gesagt, wie sanft seine Versuchstiere waren. Ich glaube, du hast ein Kaninchen erwähnt, das mit einem Tiger spielte ... Ich glaube außerdem, daß die *andere Seite* darauf vorbereitet ist, diese ungeheure Entdeckung zu pervertieren. Was würde beispielsweise geschehen, wenn es *den anderen* gelänge, diese Droge im Westen zu verbreiten – vielleicht durch Wasserreservoirs? Wir wären ihnen doch völlig ausgeliefert, oder etwa nicht?«

»O nein! O nein!« Plötzlich überkam Dr. Slink die schreckliche Vision mongolischer Horden, welche die Blüte der englischen Weiblichkeit schändeten. Lieber den Tod! Und doch ... Sie verbarg ihr Gesicht in den Händen, gequält von unaussprechlichem Schrecken.

Peter Karamasow erhob sich aus dem J.F.K.-Schaukelstuhl und kniete neben Dr. Slinks Fauteuil nieder. Er legte seine Arme um ihre Schultern. Sanft. Keusch. »Schon gut, Kleines. Bis jetzt ist noch nichts Schreckliches passiert. Ich glaube es wenigstens. Aber du mußt mir helfen. Es ist zum Nutzen unserer beiden großen Länder.«

»Was soll ich tun?« flüsterte sie.

»Meine Liebe, du bist jetzt Teil des kompliziertesten und wichtigsten Auftrages, den ich je übernommen habe. Die Gefahr ist groß. Das will ich dir nicht verhehlen. Gefahr . . . Zu allererst, und das ist das Wichtigste, darfst du niemandem etwas sagen. Wir wissen noch nicht, wieviel der Feind in Erfahrung gebracht hat, und in welchem Maße er MikroKrieg bereits infiltriert hat. Ich verdächtige Dr. Perrywit, aber ein Verdacht genügt nicht. Deshalb wirst du mein Auge und mein Ohr sein. Du wirst, wenn möglich, Dr. Perrywits Papiere nach irgendwelchen Hinweisen auf Projekt Gelassenheit durchsuchen. Du wirst, soweit das geht, seine Kontakte innerhalb und außerhalb von InSichRass registrieren. Dasselbe machst du bei allen anderen Kollegen, die vielleicht mit dieser Angelegenheit zu tun haben. Außerdem wirst du in Erfahrung bringen, was aus den übriggebliebenen Versuchstieren werden soll.«

»Das kann ich dir jetzt schon sagen«, erklärte Dr. Slink eifrig. »Ich habe erst heute erfahren, daß Dr. Perrywit die Absicht hat, sie dem Marquis von Middlehampton zu überlassen.«

»So?« Peter Karamasows Augen funkelten. »Schon wieder ein Hinweis . . . Dorothea, ich muß jetzt gehen. Es gibt viel zu tun. Du bist eine tapfere Frau, und wenn die Zeit gekommen ist, wird dein Beitrag bekanntgemacht werden.«

Dr. Slink stand auf. »Es ist so spät«, murmelte sie. »London wird nachts zum Dschungel. Da sind die Studenten und die Prämienjäger und ein paar böse Kindergruppen . . . Du darfst hierbleiben, Peter. Ich – ich weiß, daß du ein Ehrenmann bist.«

Peter Karamasow küßte sie großmütig auf die Stirn. Es war ein brüderlicher Kuß; und doch war da eine winzige genußvolle Andeutung. »Dorothea, ich habe zuviel Respekt vor dir, um dich zu kompromittieren. Hab keine Angst um mich. Ich muß meine Pflicht tun, und ich kann auf mich aufpassen.«

Dr. Slink begleitete ihn zur Tür. »Sei vorsichtig, lieber Freund.«

Wieder streiften seine Lippen ihre Stirn. Dann verließ er sie mit einem selbstbewußten Lächeln.

Dr. Slink schaltete das Elektroschloß wieder ein. Sie brauchte dringend etwas, um ihre Gedanken von diesen schrecklichen Enthüllungen abzulenken. Sie füllte ihr Glas wieder mit Whisky, trank ihn schnell und schaltete dann die Strauß-Walzer ein, drehte die Lautstärke hoch, schlüpfte aus dem wattierten Katzenanzug und ging zu Bett.

Sie rief den Grafen von Organdie vom Scharlachroten Fluß zurück, ließ ihn eine wichtige Nachricht an den Großherzog überbringen, damit er noch ein paar wertvolle Augenblicke mit der Lady Dorothea genießen könne. Aber der Graf hatte eine Fleischwunde und sah ganz wie Peter Karamasow aus, und die feindliche Attacke war in Wirklichkeit eine Finte gewesen, und in diesem Augenblick näherten sich mongolische Horden in Eilmärschen der Hauptstadt . . .

Und Dr. Slink schlief sehr schlecht.

9

Gabriel und Camilla schlenderten Hand in Hand durch das lange Sommerzwielicht im Epping Forest. Zu ihrer großen Überraschung war es ihnen in dem durch den Feueralarm entstandenen Durcheinander gelungen, der St. Paul's Cathedral zu entfliehen, ohne von Priestern und Bütteln aufgehalten zu werden. Gabriel wußte nicht, ob er mit seinem verzweifelten Knopfdruck irgendwelche Wirkungen auf andere Auto-Beichtzellen ausgelöst hatte, aber aus dem Sprachen-Babel, das sie hinter sich zurückgelassen hatten, schien ihm das durchaus möglich. Der Gedanke bereitete ihm großes Vergnügen.

Als sie die Umgebung der Kathedrale hinter sich gelassen hatten, waren Gabriel und Camilla in das erste freie Robo-Taxi gestiegen. Städtische Robo-Taxis konnten entweder von Hand gesteuert oder programmiert werden, um automatisch zu einer Anzahl bekannter Sehenswürdigkeiten und Touristenpunkte zu fahren. Gabriel hatte die Programmtaste für Epping Forest gedrückt, einfach, weil der Wald ihm genügend weit vom Schauplatz des Verbrechens entfernt schien. Er war auch der Ansicht, daß ein halbstündiger Spaziergang durch den stillen Wald dem Fassen konstruktiver Gedanken förderlich und gut für die Nerven sein würde.

Die Ereignisse sollten beweisen, daß er unrecht hatte.

»Also gut«, sagte Camilla, »jetzt darfst du es sagen.«

»Also gut, dann sage ich es eben«, erklärte Gabriel. »Ich habe es dir gleich gesagt: Die Gottmaschinen sind unehrlich.«

»Nicht unehrlich«, widersprach Camilla, »nur schwierig ... War das, was du in der Spanischen Inquisition gesagt hast, dein Ernst?«

»Was habe ich denn gesagt?«

»Daß du mich liebst.«

»Ich denke schon ... Ich denke freilich nicht, daß das ausschließlich ist. Es ist nur so, daß ich niemand anderen gefunden habe, den ich lieben kann.«

»Genau wie bei mir.« Sie kicherte. »Außerdem haben wir schließlich eine Kleinigkeit gemeinsam, nicht wahr?«

Sie hatten inzwischen eine Lichtung im Wald erreicht. Gabriel bemerkte ein lautes Knattern am Himmel. Er blickte nach oben. Irgendwo in der Nähe war ein Hubschrauber, aber er konnte ihn nicht sehen. Vermutlich eine Routinestreife der Büttel. Heutzutage wurden die meisten verlassenen Orte regelmäßig überwacht. Es mußte so sein. Die Verbrechenskurve war so steil angestiegen, daß sie auf dem Papier keinen Platz mehr hatte.

»Guten Abend, Herrschaften«, sagte eine angenehme männliche Stimme. »Wie nett, auf einer solch einsamen Lichtung jungen Romantikern zu begegnen.«

Gabriel und Camilla wirbelten herum. Zwei oder drei Schritte hinter ihnen war ein hochgewachsener bärtiger Mann um die Fünfzig zu sehen. Er trug einen alten Tropenhelm, ein Monokel, einen Kaftan und Sandalen. Er trug auch einen Sprungstock, aber es handelte sich bei ihm ganz eindeutig nicht um einen Büttel.

»Guten Abend«, sagte Gabriel zurückhaltend. »Wir wollten uns gerade mit unseren Freunden treffen.«

»Wie traurig!« murmelte der Student. »Ich hatte schon gehofft, wir könnten ein wenig Konversation machen. Außerdem kann ich ihre Freunde nicht sehen. Aber gestatten Sie mir, den Verlust auszugleichen, indem ich meine eigenen Freunde rufe.« Er pfiff.

Vier weitere Studenten erschienen jetzt auf der Lichtung, jeder von einer anderen Seite. Sie gingen langsam, aber zielstrebig auf

Gabriel und Camilla zu.

»Sind Sie auch ganz sicher, daß Sie nicht hier bleiben und Konversation machen wollen?« erkundigte sich das bärtige Individuum. »Ich bin ganz sicher, daß wir unser Bestes tun werden, um Sie zu unterhalten – auf unsere Manier.«

Der Streifen-Hubschrauber – wenn es sich um einen solchen handelte – schien viel näher gekommen zu sein. Gabriel blickte auf, aber es war immer noch nichts zu sehen. Die Büttel sollten in der Hölle verfaulen! Wenn man sie brauchte, waren sie nie da – bloß wenn man sie nicht brauchen konnte.

Die herannahenden Studenten waren reife Männer in den Dreißigern und Vierzigern, und alle waren so eigenartig gekleidet wie der eine, der offenbar ihr Führer war. Einer von ihnen trug eine Rommel-Mütze, eine schwarze Piratenklappe über dem rechten Auge und einen uralten Uniformrock der Heilsarmee. Ein anderer trug einen Sikhturban, eine purpurne Bluse und Lederhosen. Sie waren alle höchst pittoresk. Und gefährlich.

Gabriel konnte den Hubschrauber immer noch hören. Entweder kreiste er, oder er schwebte sogar über einem bestimmten Punkt. Gabriel suchte den Himmel verzweifelt ab, aber nichts war zu sehen, und so bestand nur wenig Hoffnung, daß ihnen vom Himmel aus Hilfe zuteil werden würde.

Der Mann im Tropenhelm folgte Gabriels Blick. »Die guten Leute dort oben scheinen etwas scheu zu sein«, stellte er fest. »Ich fürchte, wir interessieren sie nicht. Aber macht nichts. Unser kleines Zusammentreffen wird damit nur noch intimer.«

»Ich fürchte, wir haben nicht viel Geld«, sagte Gabriel verzweifelt. »Wenn wir Ihnen vielleicht geben würden, was wir haben . . .«

»Ich bin tief betrübt«, erwiderte der Tropenhelm, »wir alle sind tief betrübt wegen Ihrer bescheidenen Mittel. Ich möchte Ihnen im Namen meiner Kollegen ein kleines Geschenk machen. Wieviel wollen wir denn sagen – zehn Pfund, zwanzig? Es ist sehr traurig, sich einen intelligenten jungen Mann vorzustellen, dem es an Mitteln gebricht, wenn er in Gesellschaft einer so attraktiven jungen Dame ist.«

Gabriel konnte jetzt den Hubschrauber sehen. Er stand in vielleicht fünfhundert Metern Höhe über den Bäumen, höchstens zweihundert Meter von ihnen entfernt.

»Ich will kein Geld, danke.« Die Gegenwart des Helikopters verlieh Gabriel ein etwas größeres Gefühl der Sicherheit. »Ich glaube wirklich, daß wir gehen sollten.«

»Er glaubt wirklich, daß sie gehen sollten«, meinte der Mann in den Lederhosen.

»Wie unhöflich!«, klagte die Rommel-Mütze.

»Brüder, Brüder«, sagte der Tropenhelm. »Wir wollen nicht ungastlich sein. Vielleicht begreift der junge Herr die Regeln der Gastfreundschaft nicht richtig.« Er wandte sich wieder an Gabriel: »*Wir* haben *Ihnen* ein belangloses Geschenk angeboten, und Sie haben es vorgezogen, dieses Geschenk abzulehnen. Jetzt ziemt es sich doch sicher – nein, sogar bestimmt –, daß Sie uns ebenfalls etwas anbieten.«

Gabriel ging in die Falle. »Aber ich habe nichts, das Sie brauchen könnten.«

»Er ist zu bescheiden«, sagte der Tropenhelm und warf einen vielsagenden Blick auf Camilla.

»Sogar gedankenlos«, fügte ein Mann in einer Mao-Jacke hinzu, der bis jetzt stumm geblieben war.

»Ungalant geradezu«, entschied die Rommel-Mütze.

Camilla seufzte. »Es hat keinen Sinn, Gabriel. Die werden jetzt ihren Spaß haben, gleichgültig, was du sagst oder tust . . . Paß nur auf, daß du nicht verletzt wirst.«

»Ah, der praktische weibliche Verstand«, frohlockte der Mann in den Lederhosen. Er lächelte Gabriel wohlwollend zu. »Sehen Sie, Bruder, es gibt doch etwas, das wir brauchen. Als wahrer Christ geziemt es sich für Sie, das, was Sie haben, mit uns zu teilen.«

Gabriel schickte ein Stoßgebet zum Himmel, wo der verdammte Helikopter immer noch kreiste. Aber der tat ihm den Gefallen nicht, herunterzukommen, sondern blieb am Himmel hängen, so, als hinge er an einem Draht.

»Ich und du, Müllers Kuh, Müllers Esel, der bist du«, bemerkte der Tropenhelm. »Ich glaube, wir dürfen das Schweigen unseres jungen Freundes als scheues Sich-Abfinden mit der Situation interpretieren. So, wer von uns soll jetzt die Aufmerksamkeiten der jungen Dame als erster genießen? Als euer unwürdiger Führer, glaube ich, steht mir dieses Privileg zu. Aber es kommt noch eine weitere Qualifikation hinzu. Ich bin bei der experimentellen Biologie durchgefallen . . . Doch das liegt natürlich viele Monde zurück.«

Ich kann nichts machen, dachte Gabriel stumpf. Aber zum Teufel und Shakespeare, man konnte doch nicht einfach nichts tun. Und er machte den Fehler, etwas zu tun. Er warf sich auf den bärtigen Mann im Tropenhelm.

Er erreichte sein Ziel nie. Jemand packte einen Arm. Jemand stürzte sich auf seine Beine. Er ging krachend zu Boden und spürte, wie ihm die ganze Luft aus der Lunge gepreßt wurde. Und da lag er jetzt, auf dem Gesicht, und zwei Studenten hockten schwer auf seinem Rücken. Mit einiger Mühe hob er den Kopf. Es reichte gerade, um Camillas Beine zu sehen. Und die des bärtigen Studenten. Ganz nahe.

Ein paar schreckliche Augenblicke lang war kein Laut zu hören. Dann war ein reißendes Geräusch zu vernehmen. Camillas Rock fiel ihr um die Knöchel. Anschließend kam der BH. Dann wurde sie ins Gras gestoßen.

Der bärtige Student machte sich nicht erst die Mühe, ihre Strumpfhose herunterzuziehen. Er riß sie nur an der entsprechenden Stelle auf. Dann nahm er den Tropenhelm ab, zog sich den Kaftan hoch und machte sich daran, sie zu vergewaltigen.

Camilla hatte Angst, und das Gras war unbequem, und der Student war schwer und wild und roch nach Knoblauch. Aber was ihr widerfuhr, war, stellte sie mit Interesse fest, weder völlig erschrekkend noch unerträglich abstoßend. Angefangen hatte es kalt und etwas schmerzhaft. Aber bald stellte sie zu ihrer Überraschung fest, daß zumindest ihr Körper mit gedämpftem Enthusiasmus zu reagieren begann.

Sie konnte Gabriel nicht sehen. Sie konnte nur Nahaufnahmen eines haarigen Gesichts und dazwischen Flecken des Himmels sehen. Aber sie wußte, daß man Gabriel zwang, zuzusehen. Er tat ihr schrecklich leid – auf eine seltsam mütterliche Art.

Aber als der Student dann in den nächsten Gang schaltete, begann ihre Fähigkeit zu unabhängigem Denken sich zu umwölken. Er taugte als Liebhaber nicht besonders viel, aber er wußte immerhin, wie man den Körper einer Frau behandelte, um wenigstens ein Mindestmaß effizienter Sexualität zu bekommen ... Wenn man sich schon nicht wehren kann, muß man eben mitmachen und es hinter sich bringen. Camillas Mund öffnete sich, und ihre Augen rollten, und sie vergaß sogar, sich zu wünschen, jetzt nicht in der Sexyphase zu sein.

»Wehr dich doch ein wenig«, flüsterte der Student ihr ins Ohr. »Verdammt noch mal, heb den Hintern.«

»Ich kann nicht«, keuchte sie, »du bist so schwer.«

»Ich stütz' mich ab«, keuchte er, »aber – wenn – wenn – du dir keine Mühe gibst – dann – dann fang ich zu beißen an.«

Aber er brauchte nicht mit Beißen anzufangen, weil sein Gesicht plötzlich glasig wurde und sein Körper sich spannte und unkontrolliert zuckte, aus biologischen Gründen zuckte.

Zu ihrer großen Überraschung kam Camilla im gleichen Augenblick. Sie dachte halb umnebelt, daß das Ganze wie zwei Fremde war, die zufällig im Nebel aufeinanderstießen.

Der Student kam wieder zu sich, stieg von ihr und nahm seinen Tropenhelm. Er schien nicht geneigt, noch irgend etwas zu sagen. Vielleicht gab es nichts mehr zu sagen.

Camilla machte gar nicht erst den Versuch aufzustehen. Es hatte ganz eindeutig wenig Sinn, sich die Mühe zu machen. Aber in den wenigen Sekunden, die der Mann mit der Rommel-Mütze dazu brauchte, um seinen Heilsarmee-Rock zu lockern, wälzte sie sich zur Seite, so daß sie Gabriel sehen und ihm aufmunternd zulächeln konnte.

»Nimm es dir nicht zu Herzen, Lieber«, keuchte sie und gab sich große Mühe zu lächeln. »Man hat mich mit dieser Sache schon vertraut gemacht, ehe ich sechzehn war.«

Gabriel hatte aufgehört, um sich zu schlagen. Es brachte ihn auch nicht weiter. Er hatte einen schmerzerfüllten Ausdruck im Gesicht, der auf seltsame Weise komisch wirkte. Camilla fand, daß er aussah, als hätte er Zahnschmerzen. Er versuchte etwas zu sagen, aber die Studenten auf seinem Rücken verlagerten ihr Gewicht, und so wurde aus dem Geräusch, das sich ihm schließlich entrang, nur ein schmerzhaftes Keuchen.

»Ich glaube«, sagte der zweite Student und zog seine Rommel-Mütze mit großspuriger Handbewegung, »der nächste Tanz gehört mir.«

Er blickte einen Augenblick lang beinahe wohlwollend auf Camilla hinunter und warf sich dann auf sie. Er war ein gutes Stück energischer als der Mann mit dem Tropenhelm. Camilla war müde und deprimiert und bedauerte Gabriel mehr, als sie sich selbst bedauerte, aber ihrem Körper schienen diese Dinge nichts auszumachen. Die eine Million Jahre alte Programmierung war stärker als Müdigkeit oder Bedauern, selbst stärker als Vorurteile oder konzeptionelle Gedanken. Ihre ekstatische Reaktion hob ihre Persönlichkeit erneut in eine Wolke der Wesenlosigkeit. Ihre Brüste und Schenkel spannten sich, ihre Augen weiteten sich, wurden auf einen Moment leer, und dann wurde ihr bewußt, daß jemand aus weiter Ferne etwas zu ihr sagte. Etwas, das so ähnlich klang wie: ›Rühr dich doch‹, aber das hatte nichts zu sagen, weil sie sich ohnehin bewegte. Sie bewegte sich, um nicht zu ertrinken. Und dann war da wieder die geistlose Krise, die automatenhaften, ruckartigen Bewegungen. Und dann ließ die Spannung nach, die Härte löste sich, das Gewicht hob sich, und alles war vorüber.

Diesmal wollte sie Gabriel nicht ansehen. Sie wollte nichts anderes tun als daliegen, die Arme und Beine gespreizt, und ihren Herzschlägen zuhören und spüren, wie ihr der Schweiß über das Gesicht rann, wieder Atem schöpfen.

Sie machte sich nicht einmal die Mühe, nachzusehen, wer der nächste war. Es schien völlig gleichgültig. Das einzige, was jetzt nicht gleichgültig war, war, daß ihr Körper, so unglaublich das schien, offenbar bereit war, an dem großen schlechten Witz von neuem teilzunehmen.

Die Studenten waren gute Demokraten, und so wechselten sie sich nicht nur dabei ab, Camilla zu vergewaltigen, sondern auch dabei, schwer auf Gabriel zu sitzen. Auch er begann die Anspannung zu verspüren.

Während sich der letzte Student vergnügte, schlief Camilla ein, oder verlor die Besinnung. Vielleicht auch beides. Er ohrfeigte sie ein paarmal, bis sie die Augen aufschlug. Offenbar bereitete ihm die Vorstellung, allein gelassen zu werden, kein großes Vergnügen. Sie wußte, wann er fertig war, schloß das aus der Tatsache, daß ein sich auf und ab bewegendes Hundert-Kilo-Gewicht von ihrem Körper entfernt worden war, daß ihre Beine, Brüste, Arme, Lippen jetzt schmerzen konnten, ohne daß etwas sie dazu zwang oder belastete, daß sie wieder versuchen konnte, normal zu atmen und mit distanziertem Interesse dem Dröhnen in ihrem Kopf zu lauschen.

Jetzt war auch ein Brausen zu hören, ein seltsames, mächtiges Brausen, und ein genüßlicher Tornado, der Leben in sie zu blasen schien. Und jetzt verstummte das Brausen leider.

Der Helikopter war gelandet.

Während Camilla feststellte, daß sie nicht mehr geschändet wurde, entdeckte Gabriel, daß niemand mehr auf ihm saß. Er hörte den Helikopter herunterkommen und versuchte aufzustehen, aber in seinen Gliedmaßen war keine Kraft mehr, und er fiel wieder hin, fluchte und keuchte und spürte tausend schmerzhafte Nadelstiche in seinen Muskeln.

Dann merkte er, wie jemand ihn umdrehte und ihm dabei half, sich aufzusetzen. Es war ein wunderschönes Mädchen, das ein kurzes weißes Hemd trug. Sie gab ihm etwas zu trinken. Er trank gierig. Und der Schmerz löste sich, und Feuer und Energie fluteten durch seine Glieder. Auch Camilla setzte sich auf, nachdem ihr ein Mädchen in einem weißen Hemd etwas zu trinken gegeben hatte.

Gabriel lächelte dankbar zu Camilla hinüber. Sie erwiderte sein Lächeln dankbar. Jeder war dankbar, daß der andere noch lebte und einigermaßen ganz war.

Es war kein Streifen-Hubschrauber. Nicht einmal ein Ambulanzschrauber. Es war ein NaTel-Schrauber.

Der Groschen fiel.

Gabriel sprang auf, und sein ganzes Wesen war von dem Drang erfüllt, einen Massenmord zu begehen. Unglücklicherweise waren seine Muskeln schwächer als seine Intentionen, und so brach er erneut zusammen. Unglücklicherweise dauerte es auch nur wenige Sekunden, bis die massive Dosis, die man ihm eingespritzt hatte, ihre Wirkung zeigte.

»Beruhige dich, Honey«, sagte die NaTel-Schwester, »alles wird gut. Ihr bekommt beide Stargagen, Gefahrenzuschlag, Ausgleich für Körperverletzung, einen Prozentsatz wegen psychischer Qual und zusätzliche fünfzig Prozent Gage für die Eurovisionsübertragung. Und noch mal dasselbe für einen Verkauf in die Staaten. Junge, ihr habt's geschafft. Alles zusammen ist das bestimmt nicht weniger als fünftausend. Und für die Wiederholung –«

»Blöde transistorisierte Kuh«, sagte Gabriel und lächelte sanft und kämpfte hoffnungslos gegen den Tranquilizer an. »Schwarzherziges Weibstück. Frigider Fisch.«

Die NaTel-Schwester strich ihm sanft über die Stirn. »Schon gut, Darling. Ist ja alles vorbei. Wir haben die Aufnahme im Kasten. Die kleine Lady lebt. Und bald regnet es Geld auf euch beide. Nicht dagegen auflehnen, Süße. Einfach mitmachen.«

Gabriel schob die NaTel-Schwester fast sanftmütig zur Seite und kroch auf allen vieren zu Camilla. Sie war nackt und gerade im Begriff, die neuen Kleider anzuziehen, die ihr NaTel gestellt hatte. Er küßte sie sanft. Er küßte ihre zerschundenen Brüste, die zerkratzten Schultern und die eingefallenen Wangen. Dann half er ihr sehr vorsichtig beim Anziehen.

»Du weißt Bescheid?« fragte er.

Sie nickte und starrte ausdruckslos zu dem Hubschrauber hinüber. Der Produzent oder dergleichen zahlte die Studenten aus, die Kameramänner rauchten und kniffen herumhuschende NaTel-Hostessen in den Hintern. Ein Klapptisch und Stühle waren aus dem Hubschrauber herausgetragen worden, Gläser und Kanapees waren plötzlich vorhanden; Magnumflaschen Champagner kühlten in einem großen vulgären Eimer. Es gab selbst einen gasbetriebenen Kandelaber.

Plötzlich fing Camilla zu lachen an. Sie lachte laut und hilflos.

Ein großer gebräunter Mann im Smoking, der eine lange, dünne Zigarre rauchte, drehte sich um und sah sie neugierig an. Dann ging er auf sie zu. Gabriel half Camilla beim Aufstehen. Sie lachte immer noch und schwankte dabei etwas.

»Dennis Progg, Dies Ist Ihre Welt.« Sein Gesicht blühte hinter der Zigarre zu einem breiten Plastiklächeln auf. »Baby, Sie waren großartig. Dreizehn Minuten haben wir im Kasten. Mit der Einführung, den Reaktionen und der Absage haben wir fünfundzwanzig Minuten Gewalt zur Spitzenzeit für fünfzehn oder zwanzig Millionen Engländer. Und wer weiß wie viele über Eurovision und in den Staaten. Ihr braucht bloß zu unterschreiben und den Erhalt des Schecks für sechstausendfünfhundert pro Nase zu bestätigen und die Freigaben zu unterschreiben, dann schnappen wir uns den Schampus und den Kaviar. Na?«

»Sagen Sie«, meinte Gabriel sanft und konnte nicht mal Ärger darüber empfinden, daß ein mächtiger Vulkan aus Haß und Blutgier von dem Tranquilizer verstopft worden war, »warum? Was, zum Teufel, soll das alles?«

»Du warst auch Klasse, Junge«, sagte Dennis Progg. »Wirklich Spitze. Ehrlich. Beide wart ihr Spitze ... Habt ihr je ›Dies Ist Ihre Welt‹ gesehen?«

»Gott sei Dank nie.«

Dennis Progg seufzte. »Da entgeht euch etwas. ›Dies Ist Ihre Welt‹ ist ein Programm, das reife, verantwortliche, empfindende Menschen mit den Realitäten des Lebens vertraut macht. Es eröffnet neue Dimensionen des Erlebens. Sie sind dabei, wenn es geschieht. Sie nehmen teil.« Er wandte sich Camilla zu. »Die Studenten haben nicht nur Sie vergewaltigt, Darling. Sie werden X-Millionen Frauen vergewaltigen. Das kann nur zu Gutem führen. Die Mannsleute werden das nicht vergessen. Sie werden verlangen, daß die Büttel verstärkt werden, damit die Mädchen des Nachts wieder ausgehen können. Sie werden Druck auf das Parlament ausüben und wirksamere Psychos verlangen. Sie werden –«

»Wir kriegen sechstausendfünfhundert pro Nase?« unterbrach Camilla.

»Ja.«

»Wieviel haben die Studenten gekriegt?« Sie blickte zu ihnen hinüber. Jetzt, da sie ihr Geld bekommen hatten, tauchten sie wieder im Epping Forest unter. Der Mann im Tropenhelm drehte sich um und winkte vergnügt.

»Je hundert ... Tut mir leid, daß wir solches Pack einsetzen mußten, Darling. Aber das ist eine Frage der Authentizität und all das. Wir hatten unsere Strahler auf sie gerichtet und ihnen deutlich gemacht – keine Zahlung, wenn Sie verletzt werden sollten.«

Wieder begann Camilla zu lachen. Sie sagte zu Gabriel: »Liebster, Honey, das ist der letzte Heuler! Was für ein Heuler! Erinnerst du dich, was die Gottmaschine zuletzt gesagt hat? Und jetzt das hier. Jetzt ist uns die Entscheidung abgenommen . . .«

Gabriel erinnerte sich tatsächlich. Er erinnerte sich ganz deutlich. Er sah Camilla ernst an. »Und dann waren's sieben.«

Und plötzlich lachte auch er. Er schlang die Arme um Camilla, drückte sie an sich, und beide lachten und brüllten über den größten, saubersten, komischsten, schmutzigsten Witz auf der ganzen Welt.

Dennis Progg starrte sie an. Trauma, entschied er dann. Erleichterung. Freude über die Sechstausendfünfhundert. Die Leute waren seltsam.

Er sah auf die Tafel. Eine Oase der Vernunft in der verrückten Wildnis von Epping. Es wäre schade, wenn der Schampus warm würde.

10

Dr. Peregrine Perrywit war im Himmel – oder ihm zumindest einigermaßen nahe, da er sich in der Gästebar von NaTel aufhielt und dort die Getränke und die zivilisierte Konversation mit dem Marquis von Middlehampton und seinem jüngeren Bruder, dem Programmkoordinator für Spiele und Wettbewerbe, genoß. Der Marquis forderte Dr. Perrywit in liebenswürdiger Herablassung und von dem Wissen erfüllt, daß er drei große gesunde Katzen erhalten würde, dazu auf, ihn einfach Burt zu nennen. Der NaTel-Koordinator, der sich ähnlicher Großherzigkeit befleißigte, wies darauf hin, daß Freunde – die Geste wurde von Dr. Perrywit wie eine Art Seligsprechung empfunden – sich ein Vergnügen daraus machten, ihn Dick zu nennen.

Burt und Dick – und Peregrine . . . Intim, urban. Außerdem war es mehr als befriedigend, sich an einem warmen Sommerabend in den oberen Gefilden des Lulu Tower zu befinden und dort Weißwein und Soda zu schlürfen und träge auf eingerahmte Segmente von ganz London hinunterzublicken, die sich wie eine Spielzeugstadt zu den Füßen des Betrachters ausdehnten und nur darauf warteten, zertrampelt zu werden. Dies, dachte Dr. Perrywit, war ein Augenblick, den es zu genießen und sich einzuprägen galt. Dies war Kontakt.

Burt ließ einen gewaltigen Eiswürfel in seinen polnischen Wodka fallen. Man bekommt dieses verdammte Zeug nie kalt genug, dachte er betrübt. Das war das Ärgerliche am Leben – alles wurde zu schnell verdammt warm. Man brauchte sich ja bloß diesen aufgeputschten Proleten anzusehen: Ihm wurde bei der Vorstellung, mit dem Marquis zu trinken, so warm, daß er drohte, jeden Augenblick zu einer klebrigen Masse zu zerschmelzen. Trotzdem, für einen Panther, einen Tiger und einen Löwen mußte man Opfer bringen.

»Seltsam, was – was?« Burt fixierte Dr. Perrywit mit einem beunruhigend starren Blick.

Dr. Perrywit wußte nicht, was er darauf sagen sollte. »Äh – ja. Ganz bestimmt. Ich meine . . . äh . . . höchst seltsam.«

»Was ich sagen will«, fuhr Burt fort, der seinen Dialog nach dem Muster alter Filme über den englischen Hochadel aufgebaut hatte, »wer hätte je von einem weichen Tiger *und* einem weichen Löwen *und* einem weichen Panther gehört?«

»Meine – äh – Assistentin hat mir versichert, daß sie entschieden – äh – weich sind«, erwiderte Dr. Perrywit vorsichtig.

»Wie weich?«

»Ausnehmend gelehrig. Man könnte sogar sagen, scheu.«

»Jetzt kommt mir eine Idee«, erklärte Dick. »Ich könnte sie für die neue Serie ›Da reißen Ihnen die Nerven‹ ausborgen. Wissen Sie, wir könnten die Katzen um diesen nackten Teeny herumspringen lassen, dem man zuerst ein wenig mit dem Messer zugesetzt hat und ihn mit Blut beschmiert und dann –«

»Unsinn«, meinte Burt gleichmütig. Wieder fixierte er Peregrine. »Sagen Sie, Ihr MikroKriegs-Typen habt doch nicht an denen herumgebastelt, wie? Das könnte ich nicht ertragen.«

»Herumgebastelt?« Dr. Perrywit wußte damit nichts anzufangen.

»Bakterien«, erklärte Burt. »Das könnte ich nicht ertragen. Blöde Tiere und all der Unfug. Dachte immer, MikroKrieg würde sich ziemlich viel mit Bakterien abgeben. Ich möchte nicht daran denken müssen, daß da jemand Unfug mit meinen weichen Katzen getrieben hat . . . Was meinen Sie, Peregrine, alter Junge? Hat MikroKrieg meine Tierchen verseucht?«

Der Himmel war in den letzten Augenblicken ein oder zwei Grad weniger himmlisch geworden, und Dr. Perrywit verspürte eine Andeutung von Betroffenheit. Wirklich, der Marquis – Burt – begann beinahe etwas anmaßend zu werden, wenn man bedachte, wie er einem geschenkten Gaul ins Maul schaute. Wer, zum Teufel, konnte denn schon sagen, was dieser Idiot, Professor Greylaw, im Laufe der Jahre gemacht hatte? Aber immerhin hatte Dr. Slink ihm versichert, daß die Tiere sauber, gesund und harmlos seien. Und Dr. Slink war eine gewissenhafte und loyale Untergebene. Und in diesem Augenblick wäre es jedenfalls Selbstmord gewesen, dem Marquis – Burt – nicht jede gewünschte Zusicherung zu geben.

»Die Tiere waren natürlich als Versuchstiere registriert«, sagte Dr. Perrywit glatt. »Aber, Burt, ich kann eindeutig erklären, daß man ihnen nie – äh – etwas zuleide getan hat. Das Projekt, für das sie beschafft worden waren, ist abgeschlossen worden. Ich kann Ihnen absolut versichern, daß MikroKrieg die sorgfältigsten Vorsichtsmaßregeln trifft, und unter keinen Umständen –«

»Ahoi, meine Lieben!« Eine auffällige Persönlichkeit, einen grellroten Bart im Gesicht, bekleidet mit Knickerbockers und einer Norfolkjacke, schlug dem Programmkoordinator für Spiele und Wettbewerbe kräftig auf die Schulter, als dieser gerade seinen Tomatensaft mit Aquavit zum Mund geführt hatte. Burt mußte etwas husten, überlebte es aber. Seine Gefühle mörderischen Hasses schwanden augenblicklich, und er zeigte ein warmes Lächeln, als er in dem Angreifer Onkel Dan von ›Schönheiten von Mutter Natur‹ erkannte. Onkel Dan hatte mit den ›Lesbischen Hexen von Cornwall‹ eine Spitzenzuschauerbeteiligung erreicht.

»Oh, hello, Onkel«, sagte Dirk. »Cornwall war einsame Spitze. Wirklich. Spitze, hab' ich gesagt. Es heißt, Sie hätten fünfundzwanzig Millionen U.K. Beteiligung bekommen und –«

»Zweiunddreißig«, betonte Onkel Dan. »Registrierte zweiunddreißig. Es ist gut, wenn einen die Leute mögen. Und jetzt stell mir deine Kumpel vor.«

»Das ist mein Bruder, der Marquis von Middlehampton.«

»Tag, Mark.«

»Und das ist Dr. Perrywit.«

»Tag, Perry ... Und was soll das jetzt mit MikroKrieg?«

»Wie bitte?«, fragte Dr. Perrywit. Der Himmel wurde trotz des illustren Hinzutretens von Onkel Dan etwas konfus.

»MikroKrieg? MikroKrieg?« dröhnte Onkel Dan. »InSichRass gibt verdammt wenig her. Hab' die Show selbst geführt, als ich mich noch in den Slums herumtrieb. Herrgott, ich war der einzige Exobiologe, den die hatten ... Sind Sie bei MikroKrieg, Perry?«

»Ja, Sir.«

»Trinken Sie aus und nennen Sie mich Onkel.«

Dr. Perrywit verspürte zwischen seinen Schulterblättern etwas, das sich wie ein Karate-Hinrichtungsschlag anfühlte. Sein mit Soda gemixter Wein floß in sein Glas zurück. Mit heroischem Mut kehrte er den Vorgang um und japste nach Luft.

»Die gute alte Zeit«, seufzte Onkel Dan nostalgisch. »Mann, hatten wir damals Spaß! In meinem letzten Jahr haben wir den Erstickungsvirus entwickelt, Ataxie und selektive Lepra. Ein gutes, starkes Team hatte ich damals. Greylaw ausgenommen natürlich. Kennen Sie Greylaw, Perry? Ein komischer Kauz, aber durch und durch negativ eingestellt.«

»Er fiel vor ein paar Tagen unter einen Zug.«

»Ah ja. Typisch für ihn. Kauzig, sehr kauzig, aber negativ. Einmal hat er im Labor mit Wasser, das Botulinustoxin enthielt, Kaffee gemacht. Glücklicherweise hat jemand gesehen, wie er statt des Milchpulvers Arsenoxyd hinzugab. Ja, ein seltsamer Kauz. Am Ende mußte ich ihn loswerden. Also hab' ich ihm Projekt Neunzig T gegeben.«

Dr. Perrywit hatte einen sechsten Sinn. Einen Sinn, der Katastrophen ahnte.

»Und was«, fragte er mit ganz kleinlauter Stimme, »war Projekt Neunzig T?«

»Sie sollen mich Onkel nennen.«

»Ja, Onkel.«

»Projekt Neunzig T – nun, das war vermutlich vor Ihrer Zeit. Das war die große Pleite, die Schritte im Gesicht der Wasserlerche, die alte Sanftheitsschau. Irgendein blöder Politiker auf der G-Bank hat uns einmal aufgefordert, einen Mikroorganismus zu entwikkeln, der die aggressiven Instinkte beseitigt. Das geht natürlich nicht, müssen Sie wissen. Das endokrine System läßt das nicht zu. Jedenfalls träumte dieser Proletentyp seine kleinen Träume, wie man der Kriegspsychologie eins aufs Haupt geben kann, und das Budget von MikroKrieg wurde angehoben. Wir nahmen das Projekt anfänglich natürlich ernst. Setzten ein paar gute Leute darauf an. Aber es hat sich nicht ausgezahlt. Nicht einmal mit einfachen Tieren. Wie gesagt, man kann das endokrine Gleichgewicht nicht einfach stören. Aber dieser G-Prolet war nicht zufrieden. Er sagte, Rom sei auch nicht in einem Tag erbaut worden. Außerdem drohte er, das Budget zu kürzen, wenn wir die Tretmühle nicht in Gang hielten. Also benutzten wir das Projekt am Ende nur noch als Pensionsfond, um Idioten wie diesen Greylaw daran zu hindern, echten Schaden anzurichten . . . Unter einen Zug ist er also gefallen, sagen Sie. Komisch . . . Wie sind wir eigentlich auf MikroKrieg gekommen?«

Dr. Perrywit wollte antworten: Wir sprachen gerade von einigen Versuchstieren, die ich dem Marquis überlasse. Aber dann wurden ihm die Implikationen plötzlich klar, und er brachte nur noch unartikulierte Laute hervor, während sich auf seiner Stirn kleine, kalte Schweißtropfen bildeten. Der Teufel sollte Greylaw holen und Onkel Dan und den Marquis und NaTel und Gott und den ganzen Kosmos! Aber zuallererst Greylaw! Weil dieser blöde Kretin, dieser Trottel, alles ruiniert hatte. Indem er gestorben war.

Onkel Dan, der Marquis und der Koordinator für Spiele und Wettbewerbe starrten Dr. Perrywit beunruhigt an. Er gab noch ein paar unartikulierte Laute von sich und versuchte, sich unzusammenhängend für alles zu entschuldigen, seine Existenz eingeschlossen, während er sich gleichzeitig die größte Mühe gab, schnell und schmerzlos zu sterben.

»Der Bursche ist blau«, sagte der Marquis und fragte sich, wie man das eigentlich mit Wein und Soda schaffen konnte.

»Vielleicht krank«, schlug der Programmkoordinator für Spiele und Wettbewerbe vor.

»Wahrscheinlich ein Virus«, bemerkte Dan jovial. »Manchmal werden diese Typen von MikroKrieg unvorsichtig.« Er registrierte das Zittern von Dr. Perrywits Gliedern und das Rollen seiner Augen. »Die Symptome erinnern mich an galoppierende lokomotorische Ataxie. Ich denke, wir sollten –« Er hielt verwirrt inne. Der Marquis und sein jüngerer Bruder waren bereits dabei, die Bar zu verlassen.

»Keine Angst, Junge«, sagte Onkel Dan und retirierte ebenfalls. »Halten Sie die Festung, ich hole ein paar Mediziner, die Sie wegschaffen.«

Mit großer Mühe brachte es Dr. Perrywit fertig, einige Laute zu produzieren. »Ohmeingott, ohmeingott, ohmeingott!« sagte er kläglich. Er brauchte jetzt dringend die winzigen rosa Pillen, aber die lagen in seinem Büro. Er drehte sich zweimal um seine Achse und wurde ohnmächtig.

Als er ins Bewußtsein zurückkehrte, befand er sich in einem wunderschön kühlen Bett in einem wunderschön kühlen Raum. Und eine wunderschön kühle Dr. Slink saß neben dem Bett.

»Endlich, endlich«, sagte sie vergnügt. »Sie brauchen sich keine Sorgen zu machen, Dr. Perrywit, gar keine Sorgen. Die Ärzte sagen, Sie haben einfach zuviel gearbeitet.« Sie strahlte ihn mit einem warmen, ermutigenden Lächeln an und fragte sich gleichzeitig, ob er, wie Peter beinahe angedeutet hatte, wirklich ein Agent war, der für Dostojewski und die Mongolenhorden tätig war. Vielleicht war dies jetzt ein guter Zeitpunkt, seine Reaktion auf ein kürzlich erfolgtes und möglicherweise bedeutsames Ereignis zu testen.

»Sie brauchen sich wegen MikroKrieg keine Sorgen zu machen«, sagte sie geschäftsmäßig. »Ich komme schon ein paar Tage lang allein zurecht. Aber eines sollten Sie vielleicht wissen: Professor Greylaws Tiere in Sussex – sie sind einfach verschwunden. Die Sicherheitsabteilung meint, es könnte ein Studentenstreich sein und –«

»Ohmeingott!« kreischte Dr. Perrywitt. »Ohmeingott, ohmeingott, ohmeingott!«

Und dann verlor er barmherzigerweise erneut das Bewußtsein.

11

Gabriel und Camilla kamen erst kurz vor dem Sonnenaufgang nach 1735, Babscastle Boulevard zurück, betrunken, erschöpft und in bescheidenem Maße wohlhabend. Sie hatten mit Dennis Progg und den Schergen von NaTel gespeist. Sie hatten zugesehen, wie über dem Eppling Forest Sterne aufleuchteten und zu einem fahlen Türkis verblaßten. Sie hatten über den albernen und monströsen Witz, den Eustace P 939 genannt hatte, gelacht und geweint.

Von der Weisheit des Weines erfüllt, wußte Gabriel ohne jeden Zweifel, was er und Camilla zu tun haben würden. Camilla – der Himmel möge sie segnen – hatte, wenn auch ohne dies zu wollen, bereits auf großartige Weise damit angefangen. Aber man durfte nicht zulassen, daß sie allein die ganze Last dessen trug, was er inzwischen bereits als den großen P 939-Kreuzzug betrachtete.

Zum Glück bestand die Schwäche des Fleisches den Rechtschaffenen bei. Im Laufe der Ereignisse gelang es Gabriel hintereinander, eine NaTel-Schwester und zwei Hostessen auf kurze Zeit vom Champagner und den Kanapees wegzulocken. Der Boden war feucht, aber das schien der Schwester nicht viel auszumachen. Gabriel, der methodisch und schnell arbeitete, war etwas verwirrt, in ihren leeren Augen den Widerschein der Sterne zu sehen. Fast hätte das seinen Orgasmus verhindert. Die Hostessen führte er, jede für sich, in den geräumigen NaTel-Hubschrauber. Die Operation nahm nicht sehr viel Zeit in Anspruch. Wahrscheinlich vermißte man ihn am Tisch gar nicht.

Dennis Progg redete. Er redete die ganze Nacht lang, redete Camilla in den Schlaf. Am Ende mußten sie sie wecken, und als dann das nächtliche Werk nach dem Protokoll von NaTel zur Zufriedenheit vollbracht war, setzte der Hubschrauber die beiden neuen unfreiwilligen Stars von ›Dies Ist Ihre Welt‹ in Hampstead ab.

Camilla drückte ihren Daumen erst auf den Id-Ring, als der Hubschrauber wieder gestartet war. Sie war noch wach genug, um nicht den Wunsch zu empfinden, das Genie von ›Dies Ist Ihre Welt‹ an stubenreinen Löwen und Tigern zu interessieren. Morgen, dachte sie gähnend, nein, heute nachmittag, würden sie und Gabriel entscheiden müssen, was mit den armen Geschöpfen geschehen sollte.

Sie hätte sich den Kopf darüber nicht zu zerbrechen brauchen. Das Problem existierte nicht mehr. Im Haus befand sich kein einziges pazifistisches Tier.

Camilla und Gabriel waren sofort nüchtern, wenn auch immer noch müde. Sie durchsuchten das Haus, aber nirgends war eine Spur der Tiere oder eines illegalen Einbruchs oder Ausbruchs zu entdecken. Der Theorie nach reagierten die Außentüren, sofern sie nicht anders programmiert waren, nur auf die Daumenabdrücke von Camilla und Eustace. Wie hätte also ein Unbekannter sich Zutritt verschaffen können? Durch die Fenster vielleicht. Aber Camilla und Gabriel waren zu müde, um jetzt noch eine gründliche Untersuchung vorzunehmen. Außerdem, wie hatte man die Tiere weggeschafft? Man hätte zwar ein jedes ohne Mühe an einem rosa Band wegführen können, aber diese Methode reichte wohl als vernünftige Erklärung nicht aus.

Gabriel versuchte nachzudenken, schaffte es aber nicht. Camilla versuchte auch nachzudenken, schaffte es aber auch nicht. Die Ereignisse der letzten Stunden schienen ihren Verstand plötzlich in eine Masse aus schnell erhärtendem Klebstoff verwandelt zu haben. Müde und Hand in Hand gingen sie ins Schlafzimmer hinauf. Das Bett war von ihrer letzten Orgie immer noch zerwühlt, einer Orgie, die vor Jahrtausenden, als die Welt noch jung war, stattgefunden zu haben schien. Camilla war sogar zu müde, um ihr Na-Tel-Kleid auszuziehen. Gabriel versuchte ihr zu helfen, scheiterte aber an der Aufgabe kläglich.

Sie fielen aufs Bett und einander in die Arme. Aber seltsamerweise wollte sich der Schlaf nicht einstellen. Gabriel gähnte, rülpste und ließ dann einen Wind, der in einer melodischen Kadenz ausklang.

»Was ist denn, Liebster?« fragte Camilla schläfrig-besorgt.

»Ich habe nachgedacht.«

»Worüber – hm – hast du denn nachgedacht?«

»MikroKrieg kann es doch nicht gewesen sein.«

»Nein. Die nicht, nicht wahr? Was kann MikroKrieg nicht gewesen sein?«

»Die Tiere«, murmelte Gabriel. »Es . . . es kann nicht Mikro-

Krieg gewesen sein, weil die dann jemanden zurückgelassen hätten, um auch uns zu schnappen. Logo.«

»Logo«, pflichtete Camilla ihm bei. Sie gähnte so hingebungsvoll, als wollte sie sich selbst verschlucken. »Ich liebe dich.«

»Ich liebe dich auch ... Wir müssen hier weg.«

»Nicht – hmmm – solange wir uns nicht ausgeruht haben ... Darling, was hältst du von NaTel?«

»Was soll ich von NaTel halten?«

»Die ... Herrgott, bin ich zerschlagen ... die haben dafür bezahlt, um mich vergewaltigen zu lassen. Ob es da einen Zusammenhang gibt?«

Gabriel dachte darüber nach, besser gesagt, dachte, daß er darüber nachdachte. »Die haben dafür bezahlt, daß *jemand* vergewaltigt wurde«, verkündete er schließlich. »Das ist etwas anderes.«

»Was ... ist daran anders?«

»NaTel nicht.«

Camilla war plötzlich wach genug, um zu lachen. »In St. Paul, das war doch der letzte Heuler! War das ein Heuler, Darling, ein herrlicher Heuler!«

»Ultraschall«, pflichtete Gabriel ihr bei und grinste, ohne dabei die Augen zu öffnen. »Und verdammt knapp war es auch. Trotzdem haben wir die Botschaft erhalten.«

»Welche Botschaft?«

Gabriel atmete tief durch und gab sein Bestes, um jenes letzte, wahnsinnige, zu schnell abgespielte Plappern aus dem Stereovisionsschirm wiederzugeben. »Gehet hin und vermehrt euch! Gehet hin und vermehrt euch! Gehet hin und vermehrt euch!«

Und dann schliefen beide ein – lachend.

Die Brüder Karamasow waren die ganze Nacht hindurch mit hohem Tempo in einem großen Planwagen mit der grell-bunten Aufschrift *Cirque Russe* in Richtung Schottland gefahren. Alle hundert Kilometer hielten sie an und wechselten Platz, wechselten sich demokratisch am Steuer ab. Zwischen ihnen herrschte immer noch eine gewisse Kälte, aber der Erfolg ihres glatt durchgeführten Tierraubes in Sussex und Hampstead hatte das Maß gegenseitigen Mißtrauens auf kurze Zeit verringert.

Es war Iljitsch gewesen, der den Plan, die Tiere zu stehlen, ausgeheckt hatte; aber Peter hatte die Idee gehabt, ein kleines schottisches Schloß zu mieten, wo man sie verstecken konnte. Iljitsch hatte den Möbelwagen besorgt, aber Peter hatte den *Cirque Russe* erfunden. Und den Zugang zu dem Zoo in Sussex und dem Haus in Hampstead hatten sie sich in einer kombinierten Operation verschafft; sie hatten nämlich gemeinsam Dr. Slinks Büro im Lulu Tower heimgesucht. Peter hatte die Schlüssel für den Zoo in Sussex gefunden, und Iljitsch hatte in den Personalakten eine Kopie von Professor Greylaws Daumen aufgespürt.

Im Rückblick schien ihnen alles wie der subtile Zusammenklang von Bewegungen, wie in alten Tagen, als die Brüder Karamasow in gemeinsamer Arbeit, gleichsam im Handumdrehen, einen Buschfeuerkrieg im Nahen Osten entfachen oder binnen vierundzwanzig Stunden einen europäischen Premierminister aus dem Amt entfernen konnten. Peter sah zu Iljitsch hinüber und war einen Augenblick lang beinahe versucht, als Symbol des wiederhergestellten Vertrauens, den Gedanken fallenzulassen, ein zweites schweizerisches Nummernkonto zu errichten. Aber dann erinnerte er sich aufs neue daran, daß Iljitsch a) abgeleugnet hatte, Professor Greylaw getötet zu haben, und b) es leugnete, seine letzten Worte gehört zu haben. Wieder empfand Peter tiefe Traurigkeit. Es würde ein zweites Konto geben müssen. Wenn man seinem identischen Zwilling nicht mehr absolut vertrauen konnte, wem auf dieser Welt konnte man dann überhaupt noch trauen?

Die nächtliche Fahrt verlief ohne besondere Ereignisse, nur daß der *Cirque Russe* hie und da seine Fahrt verlangsamen oder wegen

Mehrfachzusammenstößen, insbesondere auf den Schwebespuren, und gelegentlichen Kämpfen zwischen Bütteln, Ärzten und Prämienjägern Umwege machen mußte.

Die meisten Prämienteams operierten von schnellen Schwebewagen aus, aber ein paar abenteuerliche Geister gingen das Risiko ein, unlizenzierte Helikopter zu benutzen. Wirklich erfahrene Angehörige dieser Zunft waren imstande, in drei oder vier Minuten einen Zusammenstoß zu entdecken, zu landen, die Leichen oder Teile davon aufzunehmen und wieder zu verschwinden. Eine gesunde Leiche ohne größere Organverletzungen, mit Ausnahme eines geschockten Gehirns, war am Stück an die viertausend Pfund wert, oder im zerlegten Zustand fünftausend.

Während Iljitsch mit professionellem Interesse zusah, wie ein Team von Prämienjägern gleich uniformierten Heuschrecken über die Wracks zweier umgestürzter Räderfahrzeuge herfielen und drei schlaffe Körper herausholten, ehe die Räder noch aufgehört hatten, sich zu drehen, überlegte er, daß er und Peter, wenn der Spionagemarkt einmal uninteressant werden sollte, immer noch eine Möglichkeit haben würden, sich ihren Lebensunterhalt zu verdienen. Dann zog bei dem Gedanken an Peter ein Schatten über sein Gesicht. Konnte man Peter noch vertrauen? Wieviel Vertrauen konnte man einem Mann entgegenbringen, der plötzlich und ohne Anlaß angefangen hatte, seinen eigenen Bruder zu beargwöhnen? Iljitsch seufzte voll Bedauern über das schöne Etwas, das jetzt tot war. Peter hatte sich verändert. Er hatte sich in sich zurückgezogen. Vielleicht plante er in Schottland irgendeinen Trick. Nun, das Spiel konnten zwei betreiben. Aber daß ein Karamasow überhaupt einen Gedanken darauf verschwenden mußte, sich gegen einen Karamasow zu schützen ... Die Welt wurde älter, alte Wertvorstellungen brachen zusammen, es gab nur noch wenig, an das man glauben konnte ...

Kurz vor der Morgendämmerung bog der *Cirque Russe* von der Great North Transit ab und kam schließlich auf einer verlassenen Nebenstraße in Yorkshire zum Stillstand. Es war Zeit für die Brüder, sich etwas auszuruhen. Außerdem würde es klüger sein, sich tagsüber versteckt zu halten – immer angenommen, daß der Diebstahl der Tiere entdeckt worden war, und weiterhin angenommen, daß jemand in MikroKrieg ihre Bedeutung erkannt hatte.

Die Tiere jammerten elendiglich in dem großen Möbelwagen. Als Peter nach hinten ging, um nach ihnen zu sehen, stellte er fest, daß einer der Panther große Flecken im Gesicht hatte, die wie Tränenflecken aussahen. Voll Bedauern versuchte er, das Tier zu beruhigen, aber der Panther wich vor ihm zurück, und erst als Iljitsch Fleischrationen austeilte, war das Vertrauen des Panthers wieder teilweise hergestellt.

Das Lamm, das sie in Hampstead mitgenommen hatten, war eigenartig aggressiv geworden und bedrängte einen armen bengalischen Tiger. Das Kaninchen verschmähte seinen Salat, und das Eichhörnchen zeigte keinerlei Interesse an seinen Nüssen. Aber mit kleineren Problemen hatte man rechnen müssen. Zweifellos würden die Tiere sich beruhigen, sobald sie einmal das Schloß erreicht hatten.

Nachdem Peter und Iljitsch sich um ihre Schutzbefohlenen gekümmert hatten, schlossen sie die Schiebetüren in dem großen Möbelwagen und kehrten wieder in die Fahrerkabine zurück, um selbst auch zu frühstücken.

Sie aßen eine Weile schweigend, und dann sagte Peter abrupt: »Was läuft jetzt, Bruder?«

Iljitsch musterte ihn argwöhnisch. »Hatten wir uns denn nicht auf gleichzeitiges Vorgehen geeinigt, Bruder?«

»Ja, Iljitsch. Aber wir kennen den genauen Wert der Tiere nicht. Wir wissen nur, daß sie das Resultat des Projektes Gelassenheit von MikroKrieg sind. Sofern du nicht irgend etwas verborgen hältst . . .«

»Ich halte nichts verborgen«, sagte Iljitsch hitzig. »Aber jeder Narr wird begreifen, daß wir hier eine sehr wertvolle Ware haben. Wenn man so etwas mit Tieren machen kann, dann kann man es auch mit Menschen machen. Die Wissenschaftler müssen nur herausfinden, wie.«

»Die Russen oder die Amerikaner?«

»Darüber haben wir uns doch geeinigt – wir wollen gleichzeitig vorgehen. Du informierst Cominunder, daß Socinunder den Gelassenheitsvirus hat. Ich informiere Socinunder, daß Cominunder den Gelassenheitsvirus hat. Und jeder von uns wird sagen, daß der andere Agent käuflich sei. Dann werden wir sehen.«

»Dann werden wir sehen«, wiederholte Peter vielsagend. »Das schweizerische Konto, wie früher?«

»Sicher, jeder, der etwas einnimmt, zahlt die Hälfte des Anteils auf das schweizerische Konto ein.«

Peter blieb einen Augenblick lang stumm. Dann sagte er leise: »Ich glaube, ich bin mit diesem Konto nicht mehr glücklich, Bruder.«

Iljitschs Gesicht wurde weiß. Anschließend rötete es sich, er fühlte sich krank, kalt. Jetzt war es raus. Er tastete unauffällig nach seiner Eispistole. Offensichtlich hatte Peter irgend etwas arrangiert.

Peter sah Iljitsch nach seiner Waffe tasten und lächelte zynisch. Er hielt bereits seit einiger Zeit einen kleinen Eisluftstift in der Hand. Er spritzte Iljitsch an. Iljitsch erstarrte. Peter entfernte den Eisnadler aus der erstarrten Hand seines Bruders.

»Du siehst ja, ich hatte recht, dir nicht zu vertrauen, Bruder. Du hattest offenbar etwas vorbereitet.«

Wenn Iljitsch hätte reden können, hätte er genau dasselbe gesagt.

13

Gabriel erwachte zuerst. Durch die nicht von Vorhängen abgedunkelten Fensterscheiben sah er die Sonne tief am Himmel. Es war später Nachmittag. Langsam schoben sich die Erinnerungen in sein Bewußtsein. Er sah Camilla an, die neben ihm lag, eine blasse, zerdrückte Puppe. Er versuchte sie sachte zu wecken, was ihm mißlang. Am Ende mußte er sie schütteln.

»Wach auf. Wach auf, Liebste! Himmel, wach doch auf!«

Sie schlug die Augen auf und verdrehte sie unbestimmt, ohne sie zu fokussieren. Dann schlief sie wieder ein.

Er schrie sie an und schüttelte sie, und schließlich hatte er Erfolg.

»Geh weg«, murmelte sie. »Ich will im Schlaf sterben.«

»Das geht nicht. Dafür reicht die Zeit nicht. Wenn wir nicht großen Ärger haben wollen, dann, glaube ich, sollten wir hier schleunigst verschwinden.«

»Mir tut alles weh«, protestierte sie. »Meine Beine tun weh und die Brüste und der Rücken . . . Man hat mich vergewaltigt. Erinnerst du dich?«

»Falls du es nicht mehr weißt, ich habe auch noch ein wenig nachgeholfen, daß du müde bist. Aber jetzt ist nicht die Zeit, sich darüber zu beklagen. Wir müssen weg.«

»Warum?«

»Weil derjenige, welcher die Tiere weggeholt hat, sich plötzlich für uns interessieren könnte.«

Sie richtete sich auf und dachte darüber nach. »Ich kann nirgends hingehen, solange ich nicht gebadet habe«, entschied sie dann. »Ich bin eine alte Frau von Siebenundneunzig. Elefanten sind auf mir herumgetrampelt, und dann gibt es da noch ein paar innere Verletzungen, von denen ich lieber nicht reden will.«

»Dann werden wir beide ein Bad nehmen«, ereiferte er sich. »Und wenn die verdammten Knilche von der Sicherheit kommen, dann sagen wir, sie sollen hübsch vor der Tür warten.«

Camilla lachte schallend. »Sei doch vernünftig, Lieber. Wir wissen nicht, wer die Tiere weggeholt hat. Und auch nicht, warum. Wenn die Sicherheit das gemacht hätte, dann hätten die uns bestimmt schon abgeholt . . . Ich muß jetzt ein Bad haben. *Wir* müssen ein Bad haben. Und während wir das tun, wollen wir versuchen nachzudenken.«

Gabriel nahm die Niederlage hin. Um aber die Dinge etwas zu beschleunigen, rannte er ins Bad und drehte die Hähne auf. Dann arbeiteten er und Camilla sich aus ihren zerknitterten Kleidern.

Er sah sie an, sah die Abschürfungen und Quetschungen. Er legte die Arme um sie und küßte sie zärtlich. »Du hast völlig recht gehabt, baden zu wollen. Ich werde dich nachher angemessen trösten. Zur Buße nehme ich das seichte Ende.«

Das Bad war geradezu schamlos luxuriös. Gabriel hatte Badeschaum dazugetan, und jetzt saßen er und Camilla sich gegenüber und betrachteten einander würdevoll über Miniatur-Alpenketten aus Schaum hinweg.

»Wieviel Geld haben wir?«

»Zunächst einmal das, was wir von NaTel bekommen haben«, erklärte Camilla. »Das sind dreizehntausend. Und dann die fünftausend, die Eustace mir gegeben hat. Die habe ich nie angerührt. Wir sind also ziemlich reich.«

»Gut. Das genügt, um die Zelte abzubrechen und unterzutauchen. Du wirst dir wahrscheinlich das Haar färben müssen, und ich muß mir einen Bart wachsen lassen.«

Camilla zog einen Schmollmund. »Ich verstehe nicht, warum. Ich verstehe nicht, daß wir etwas Unrechtes getan haben – es sei denn, du denkst an das Fiasko in St. Paul.«

»Daran denke ich allerdings auch. Aber viel wichtiger ist, daß wir im Besitz gestohlener Bakterien sind, die das Eigentum von MikroKrieg sind.« Er grinste. »Ebenso wie, nach den Bemühungen der vergangenen Nacht, eine ganze Menge anderer Leute.«

Camilla versuchte aus dem Badeschaum die Skulptur einer Art Sexidol herzustellen. »Ich verstehe nicht, warum das unsere Schuld sein soll. In Wirklichkeit ist doch Eustace an allem schuld. Er hätte mich nicht voll P 939 spritzen sollen.«

»Eustace ist tot. Wir leben. Demzufolge kann man uns die Schuld geben – insbesondere, da wir nicht hübsch brav zu MikroKrieg gelaufen sind und denen die ganze Geschichte erzählt haben.«

Camilla schwieg ein paar Augenblicke. Dann meinte sie etwas zusammenhanglos: »Ich bin immer noch in der Sexyphase . . . Ich habe immer noch Lust darauf. Man müßte ja meinen, daß ich für ein oder zwei Tage genug habe, aber ich bin immer noch scharf darauf . . . Bist du schon in der Sexyphase, Gabriel?«

Er überlegte. »Ja, ich denke schon. Ich habe mich mit diesen NaTel Flittchen ziemlich verausgabt, aber ich habe noch Lust auf mehr.«

»Gut!«

»Wenn wir so weitermachen«, meinte er finster, »dann bringen wir uns um.«

»Eine bessere Selbstmordmethode kann ich mir nicht vorstellen . . . Übrigens, ich habe schrecklichen Hunger. Vielleicht fängt bei mir jetzt die zweite Phase an.«

Gabriel seufzte. »Wir wollen doch versuchen, uns auf die nächstliegenden Probleme zu konzentrieren. Hat Eustace je die Möglichkeit eines Gegenmittels erwähnt?«

»Nein. Er hat versucht, es gegen alle bekannten Antikörper resistent zu machen etcetera. Er schien der Ansicht zu sein, gute Arbeit geleistet zu haben.«

»Scheiße! Dann hängt uns das wahrscheinlich für immer an.« Plötzlich heiterte sich seine Miene wieder auf. »Aber das gilt natürlich auch für alle anderen.«

Camilla kicherte. »Wir haben nur ohne eigene Schuld einen besonders guten Start. Eustace behauptete, die Infektionschance sei praktisch hundert Prozent. Schließlich kann das Ganze ja nur eine gute Wirkung haben. Sinn des Ganzen ist ja, die Leute davon abzubringen, daß sie häßlich und böse zueinander sind.«

»Damit es eine gute Wirkung hat«, meinte Gabriel, »muß es sich aber schnell und weit verbreiten.«

»Dafür wird die menschliche Natur sorgen«, sagte Camilla würdevoll. »Die Frage ist nur, was wir jetzt machen?«

»Wir bleiben jedenfalls nicht hier. Wir nehmen mit, was du brauchst, und dann schließen wir hier ab, damit es so aussieht, als wärest du in Ferien gegangen – und das trifft ja auch zu. Wir müssen uns irgendwo eine Wohnung suchen – wahrscheinlich in London, bis wir Pläne gemacht haben. Und dann, mit Gott für König und Vaterland, müssen wir einfach unsere Pflicht tun.«

Camillas Torso aus Badeschaum brach zusammen, und sie klatschte wie ein kleines Kind in die Hände. Kleine Schaumflocken flogen im Bad umher, und einige blieben Gabriel im Gesicht und an den Haaren hängen.

»Ich glaube, ich weiß, was du meinst«, sagte Camilla. »Es wird harte Arbeit sein – aber nicht uninteressant.«

Gabriel zuckte die Achseln. »Wir sollten hier keine Zeit mehr vergeuden. Es ist zu gefährlich. Gehen wir.«

Etwas widerstrebend standen beide auf und stiegen aus der Badewanne. Gabriel sah Camilla an. Sie dampfte und war halb mit Schaumflocken bedeckt. Er griff nach einem Handtuch. Dann verwirrte sich sein Gesichtsausdruck plötzlich, und er starrte auf seine Erektion, die ihn selbst zu überraschen schien. Er ließ das Handtuch fallen.

»Camilla«, sagte er mit belegter Stimme, »es tut mir leid, die Sexyphase hat bei mir jetzt angefangen. Wie lästig!« Er drückte sie an sich, und ihre nassen Körper zitterten vor Erregung.

»Ich dachte«, keuchte Camilla, »ich dachte, du hättest gesagt, wir sollten keine Zeit mehr vergeuden.«

Er legte sie vorsichtig auf den Badezimmerboden. Dann legte er sich auf sie und genoß die ersten warmen, starken, zwanghaften Bewegungen ihrer Vereinigung. Es kam ihm vor, als wäre es seit vielen, vielen Tagen wieder das erste Mal.

»Das . . . ist keine . . . Zeitvergeudung«, sagte er fast vernünftig. »Damit . . . bleiben wir . . . einfach . . . in Übung.«

14

Der *Cirque Russe* fuhr immer noch auf der Great North Transit und befand sich jetzt etwa einhundertfünfzig Kilometer südlich von Edinburgh. Es war ein schöner, klarer Abend, und weder auf den Rad- noch den Schwebespuren herrschte viel Verkehr. Dennoch blieb Peter Karamasow, obwohl er überzeugt war, daß die Gefahr einer Entdeckung sehr gering war, aus zwei Gründen unglücklich. Der eine war, daß er jetzt allein für das Fahren zuständig war, der andere, daß ihn langsam unbestimmte Regungen von Schuldgefühl, gepaart mit Bedauern, überkamen.

In gewissen Zeitabständen verpaßte er Iljitsch, der auf dem Boden des Fahrerhäuschens lag, weitere Eisspritzen. Während Peter eine Gewissenskrise durchmachte, blieb Iljitsch starr und bei Bewußtsein und voll Haß. Jedesmal, wenn er eine Dosis Eisluft abbekam, versuchte er ein paar Sekunden nicht zu atmen und damit die Wirkung der Dosis zu verringern. Sein Ziel war es, die Muskeln eines Armes soweit freizubekommen, daß er den Ultra-Drive-Knopf des Fahrzeugs drücken konnte. Wenn er das im richtigen Augenblick schaffte, hatte er eine gute Chance, seinen verräterischen Bruder mitzunehmen.

Inzwischen fuhr Peter mit gemächlichen einhundertzwanzig

Kilometern die Stunde dahin und fragte sich, ob er möglicherweise ein wenig ungerecht gewesen war, und wenn ja, wie er die Versöhnung anpacken sollte. Das Ärgerliche war nur, daß er seinen Bruder wirklich gern mochte. Das Ärgerliche war außerdem, daß von nun an, gleichgültig, was auch geschah, keiner dem anderen wieder würde vertrauen können. Die Spionage ist ein scheußliches Geschäft, dachte Peter verbittert.

Er begann auf Iljitsch einzureden.

»Du siehst ja, Bruder, in welch trauriger Lage wir uns jetzt befinden. Obwohl ich dich vielleicht falsch eingeschätzt habe, ist das Ganze dennoch deine Schuld. Du hättest völlig ehrlich zu mir sein müssen. Du hättest mir von Anfang an von Professor Greylaw berichten müssen. Dann wäre er jetzt vielleicht nicht tot. Dann hätte ich dich auch nicht verdächtigen können, ihn getötet zu haben oder Informationen vor mir geheimzuhalten . . . Das ist eine schlimme Sache. Iljitsch, eine ganz schlimme Sache. Jahrelang waren wir Brüder und Genossen. Jahrelang waren wir – gemeinsam – unbesiegbar. Daß eine solche Beziehung von einem geheimen Tranquilizer zerstört werden kann, das ist eine Ironie des Schicksals, das ist tragisch, das ist bizarr.«

Iljitsch, der nicht reden konnte und dessen Kopf sich so nahe an der Kardanwelle befand, daß er sich nicht gerade wohl fühlte, lag auf dem Boden des Führerhäuschens und kochte. Viel anderes blieb ihm auch nicht übrig. Abgesehen davon, daß er systematisch zwei Finger seiner linken Hand bewegte, deren Muskeln langsam anfingen, sich zu lockern. Er konnte nicht hinsehen, vermutete aber, daß die Hand selbst sich ebenfalls bewegte. Noch ein paar Minuten, dann sollte er, wenn er Glück hatte, den ganzen Arm bewegen können.

Peter konnte die Handbewegung nicht sehen. Außerdem mußte er, auch wenn der Verkehr nur schwach war, die Great North Transit im Auge behalten. Er war aber der Ansicht, daß wieder einmal die Zeit für einen weiteren Spritzer Eisluft gekommen war, und deshalb verpaßte er seinem Bruder eine Dosis, ohne den Blick von der Straße abzuwenden. Iljitsch hielt wieder den Atem an und wartete geduldig.

»Nichtsdestoweniger, Bruder«, fuhr Peter fort, »gibt es vielleicht eine Lösung für unser Problem. Angenommen, ich halte dich, wir wollen einmal sagen, leicht gefesselt, im Schloß fest, während ich die Verhandlungen mit Cominunder und Socinunder führe. Nehmen wir weiter an, daß ich ein befriedigendes Angebot erhalte und eine entsprechende Zahlung geleistet wird. Nehmen wir ferner an, daß ich kurz in die Schweiz fliege, die Hälfte des Betrages auf das Nummernkonto überweise und zuletzt, als Geste meines guten Willens –«

Aber Iljitsch sollte nie erfahren, worin diese Geste des guten Willens bestehen sollte. Es interessierte ihn auch nicht. Seiner Ansicht nach waren nämlich die Muskeln seines linken Armes jetzt für die Aufgabe, die er ihnen zugedacht hatte, hinreichend beweglich.

Mit ungeheuerer Mühe und von einer leichten Unebenheit in der Straßenfläche begünstigt, hatte er es fertiggebracht, sich halb zum unteren Armaturenbrett zu wälzen. Seine linke Hand bewegte sich – es kam ihm ungeheuer langsam vor, aber Peter, der immer noch redete und sich ohne Zweifel Mühe gab, seinen Bruder noch mehr zu demütigen, schien es in der Dunkelheit der Führerkabine nicht zu bemerken.

Iljitsch drückte den Ultra-Drive-Knopf und schickte ein Stoßgebet zum Himmel, das Fahrzeug möge sich gerade in einer Kurve oder auf geneigter Fahrbahn befinden. Sein Gebet wurde in doppelter Hinsicht erhört. Beides traf zu: die Kurve und die geneigte Fahrbahn.

Mit hohem Pfeifen schaltete sich die Turbine des Ultra-Drive ein, und das große Fahrzeug schoß nach vorn, beschleunigte schnell auf über zweihundert Studenkilometer. Vier wesentliche Sekunden lang wußte Peter nicht, was geschehen war. Und als er es schließlich wußte, war es bereits zu spät.

Der *Cirque Russe* verließ den Transit, schoß mit hoher Geschwindigkeit über den schmalen Streifen aus weicher, unebener Erde hinaus und schickte sich an, sich durch die niedrige, dicke Barriere aus Stahlbeton zu pflügen. Das Fahrzeug überschlug sich zweimal und blieb auf der Seite liegen. Die Schiebetüren hatten sich nach außen gebogen.

Wie durch ein Wunder überlebten von der ganzen Ladung ein Panther, ein Tiger und ein Kaninchen. Unter lautem Wimmern zwängten sie sich durch die halb geöffneten Türen hinaus. Der Panther geriet in Panik und schoß über die Fahrbahn. Seine Freiheit war nur von kurzer Dauer, reichte aber aus, einen Schwebeschlitten und zwei Radwagen zu zerstören. Der Tiger und das Kaninchen bogen in die richtige Richtung und rannten über das freie Land davon.

Binnen weniger Minuten traf ein Team von Prämienjägern in einem Schwebewagen an der Unfallstelle ein. Ein Hubschrauber mit Computer, Radar- und Ultraschall sowie Infraroteinrichtung hatte ihn herbeigerufen.

Ausgehend von dem Prinzip, daß auf dieser Welt nichts verloren gehen soll, holten die Prämienjäger drei brauchbare Leichen und einen in klinischem Sinne noch nicht toten Teeny aus der ineinander verkeilten Masse aus Radwagen und Schwebeschlitten heraus. Und in der Steuerkabine des großen Fahrzeuges, das aus der Bahn gesprungen war, fanden sie das, was von Peter und Iljitsch Karamasow übrig geblieben war, in liebevoller Umarmung.

15

Gabriel und Camilla brauchten nicht lange nach einer Wohnung zu suchen. Sie hatten das Glück, eine zu finden, die sich in einem ausgezeichneten Zustand befand, möbliert und erst vor kurzer Zeit frei geworden war; der letzte Mieter, ein Seriendarsteller von NaTel, hatte sich aus dem Fenster gestürzt, nachdem man ihn aus der populären Carnation Street Serie herausgeschrieben hatte, der ersten NaTel-Serie übrigens, die ihr goldenes Jubiläum erreicht hatte.

Die Wohnung befand sich im fünfundzwanzigsten Stock im Margot Fonteyn House in Shepherds Bush; und die Tatsache, daß der vorherige Mieter erst vor fünf Tagen seinen verhängnisvollen Sprung getan hatte, störte weder Camilla noch Gabriel über Gebühr. Sie hatten gewichtige Probleme zu lösen – Probleme in bezug auf Strategie, Tarnung und bloßes Überleben.

Das Margot Fonteyn House war eine unauffällige, auf respektable Weise anonyme Wabe in einem unauffälligen, auf respektable Weise anonymen Distrikt und wurde mutmaßlich von unauffälligen, auf respektable Weise anonymen Leuten bewohnt. Die Namensschilder ihrer Nachbarn bestärkten Gabriel in seiner Überzeugung, daß dieser Bau ebensogut dazu geeignet war, auf diskrete Weise in ihm unterzutauchen, wie jeder andere. Der Nachbar zur Linken war ein Señor Manuel Labore, *chargé d'affaires* bei der Republik Tierra del Fuego, die erst vor kurzem von der U.N. anerkannt worden war. Der Nachbar zur Rechten war ganz schlicht ein Dr. D. Slink.

Im Interesse der Sicherheit und der Bequemlichkeit beschlossen Camilla und Gabriel einen einjährigen Ehekontrakt einzugehen. Camilla ließ sich das Haar tiefrot färben, Gabriel seine Pigmentierung auf Anglo-Indisch dunkeln. Anschließend begaben sie sich zum nächsten Kontraktbüro und verließen es zehn Minuten später wieder mit einem nichtschadenersatzpflichtigen Vertrag, dessen Hauptwert darin bestand, daß im Falle eines Zusammenstoßes mit dem Gesetz keiner von beiden gezwungen werden konnte, gegen den anderen Zeugnis abzulegen.

Dr. Slink stellte fest, daß ihre neuen Nachbarn ein nettes jungverheiratetes Paar, Gabriel und Camilla Crome, waren. Das war so erfrischend. Heutzutage machten sich kaum noch Menschen die Mühe zu heiraten, sofern sie nicht Wert darauf legten, die Kontrolle über ihre Kinder zu behalten. Aber Mr. und Mrs. Crome schienen gar keine Kinder zu haben und mußten daher wahrhaft ineinander verliebt sein. Vielleicht hatten sie einen lebenslänglichen Kontrakt – bis daß der Tod euch scheidet. Das wäre so romantisch. Dorothea Slink beschloß, sie sobald wie möglich zum Tee einzuladen. Dann würde sie es erfahren.

Unterdessen ließen sich die Jungvermählten in ihrem neuen Heim nieder, ruhten ein oder zwei Tage aus – wenn man das, was sie in diesen beiden Tagen im Bett anstellten, so nennen konnte – und legten sich ihre Strategie zurecht. Gabriel unternahm eine Fahrt nach Soho und trat dort mit einem InSex-Dealer in Verbindung. Nach längeren Verhandlungen in einer Bar kaufte er dem Dealer schließlich dessen gesamten Lagerbestand ab, einhundertfünfzig winzige, geschmackslose, wasserlösliche Tabletten, für die er nur eintausend Pfund bezahlen mußte.

Das war ein großer Glückszufall. Weder Gabriel noch Camilla brauchten InSex, aber die eine oder andere ihrer Zielpersonen würde es vermutlich brauchen. Camilla zog es mit einigem Vergnügen vor, die Männer, die sie zu infizieren gedachte, als Opfer zu apostrophieren, während Gabriel ihre Beute als Zielpersonen bezeichnete. Er fand das im klinischen Sinne korrekter.

Ein Problem in ihrem Feldzug zur Verbreitung von P 939 würde der Zeitfaktor sein. Obwohl es immer Leute gab, die jederzeit bereit waren, mit Fremden ins Bett zu gehen, gab es doch viele, die so komisch waren, daß man sie zuerst überreden oder mit ihnen eine Mahlzeit einnehmen oder ein Theater besuchen oder sie betrunken machen mußte. In solchen Fällen würden die InSex-Tabletten die Produktivität drastisch steigern.

Instant Sex, das wirkungsvollste Aphrodisiakum, das man kannte, konnte bis vor kurzem und aus Gründen, die nur den Biochemikern bekannt waren, nur aus dem Urin trächtiger Stuten gewonnen werden. Man benötigte den Urin von zweihundert trächtigen Stuten, um daraus über Destillation und Zentrifugalfragmentation eine einzige brauchbare InSex-Dosis zu gewinnen. Die Entdeckung, daß nur Stuten, die im Vorgebirge der Anden grasten, InSex lieferten, das für Leute aller Altersstufen geeignet war – Teenies nicht ausgeschlossen – machte das Ganze noch schwieriger.

Bis vor kurzem war daher der Gebrauch von InSex ein Privileg der wohlhabenden Klasse gewesen und hatte damit viel Interesse, manch dumme Witze und sogar Befriedigung in den entsprechenden Kreisen erweckt. Man sprach zum Beispiel von dem denkwürdigen Tag, an dem man Kardinal Erzbischof Cyril Cantuar vor der jährlichen Generalversammlung von Kathoprot im Vatikan einen Schuß verpaßt hatte, worauf dieser gelegentlich einer Abstimmung versucht hatte, einen holländischen Kardinal (weiblichen Geschlechts) zu vergewaltigen.

Aber dann entdeckte der Nobelpreis-Gewinner Jawaharlal Schmid, daß die InSex-Steroide aus dem tibetanischen Yak und dem indischen Ochsen gewonnen werden konnten, gleichgültig, ob diese nun trächtig waren oder nicht, und ob sie nun in Hindukusch oder im Regents Park grasten. Das strich eine Null vom Preis von InSex und sorgte dafür, daß die Droge auch ganz gewöhnlichen Städtern, Proleten, Studenten und allem möglichen sonstigen Pack zugänglich wurde.

Was nach Ansicht der Lords, Unterhaus-Mitglieder, dem Direktorium von Kathoprot und praktisch der gesamten gehobenen Einkommensschicht schlimm war. Und das war es auch. So verkündeten es die Gottmaschinen, so wurde das Gesetz erlassen, und InSex wurde verboten.

Das Unangenehme war, daß die Instant Sextablette normalerweise innerhalb von vier Minuten nach der Einnahme einen intensiven sexualen Drang produzierte. Was für die oberen Klassen ein Vergnügen, aber voll schwerwiegender Konsequenzen seitens geringerer Sterblicher war. Eine InSex-Orgie der oberen Chargen von NaTel war per Definition harmlos; aber bei der Senkung der Kosten konnte jeder böse kleine Prolet verstohlen einem Mädchen der Oberklasse etwas ins Glas tun und sie damit dazu bringen, daß sie geradezu darum kämpfte, von ihm geschändet zu werden.

Würden Sie etwa wollen, daß Ihre Tochter es mit einem Studenten treiben will?

Nein.

Folglich wurde festgelegt, daß der illegale Besitz von InSex durch Mann oder Frau automatisch den Tatbestand der versuchten Vergewaltigung erfüllte, wenn man ihn vorher feststellte, beziehungsweise den der Vergewaltigung, wenn man ihn erst nachher ermittelte.

Gabriel trug voll Stolz einhundertfünfzig potentielle Anklagen wegen Vergewaltigung ins Margot Fontey House zurück. Er tat dies nicht ohne gewisse Sorge, da die geringste Panne oder eine Durchsuchung durch die Büttel wahrscheinlich ihn und Camilla auf lebenslänglich plus zehn in den Knast bringen würde. Aber wie dem auch sei, Eustace Greylaw hatte die Fackel weitergereicht, und jemand mußte den Brand verbreiten.

16

Sobald Dr. Perrywit sich von dem Schock, den er in Gegenwart von Burt, Dirk und Uncle Dan erlitten hatte, genügend erholt hatte, beschloß er, alles zu gestehen. Er hatte seine persönlichen Moralbegriffe und sah sich außerstande, das Wissen um sein eigenes Ungeschick oder Professor Greylaws Erfolg für sich zu behalten.

Daß Professor Greylaw mit Projekt Gelassenheit Erfolg gehabt hatte, daran konnte es keinen Zweifel mehr geben. Und zum Teil war es die Schuld dieses dämlichen Slink-Weibes, daß sie ein dämliches Weib war und er daher ihren Berichten bezüglich der Zustände in Greylaws Etablissements in Sussex nicht mehr Aufmerksamkeit gewidmet hatte. Eines Tages, dieses Versprechen gab er sich selbst feierlich, würde er es diesem Weibsstück schon besorgen. Und wenn es das Letzte war, was er tat. Er würde ihr einen winzigen Spritzer Eisluft verpassen, ihren, sich nur mehr schwach wehrenden Körper auf den Boden legen, den verdammten jungfräulichen Katzenanzug von ihrem üppig stolzen Busen reißen, und . . . und . . . und . . .

Mit geradezu masochistischer Befriedigung war es Dr. Perrywits vordringlichste Aufgabe, am ersten Tag, den er wieder im Büro verbrachte, Dr. Slink die Ursache seines Zusammenbruches zu schildern. Zwar tadelte er sie, weil sie ihm keinen *vollständigen* Bericht über Professor Greylaw und seine Aktivitäten geliefert hatte, war aber trotzdem als ihr unmittelbarer Vorgesetzter in MikroKrieg bereit, die Verantwortung für die augenblickliche Situation zu übernehmen. Er würde daher, so erklärte er ihr, eingedenk der Interessen der Nation und unter Vernachlässigung seiner eigenen, jetzt wahrscheinlich ruinierten Karriere einen *vollen* Bericht an den Leiter der Abteilung für Mikrobiologische Kriegführung, und wenn nötig auch an den Minister für Internationale Sicherheit und Rassenharmonie, weiterleiten. Bei dieser Angelegenheit, so schloß er, handelte es sich um etwas von enormer Bedeutung. Das war viel wichtiger, als die zerbrochene Karriere eines potentiell verdienten Beamten, viel wichtiger als sein Leben und sein persönliches Glück.

Dr. Perrywit war beinahe selbst überrascht, zu welcher Großmut er fähig war.

Dr. Slinks Reaktion überraschte ihn ganz entschieden.

»Dem Himmel sei Dank«, sagte sie mit ungeheurer Erleichterung, »daß Sie kein Agent der Mongolenhorden sind.«

Er sah sie mit glasigen Augen an. »Was, zum Teufel, ist denn in Sie gefahren, Frau?«

Dr. Slink war total verwirrt. Das Gespräch, daß sie mit Peter Karamasow geführt hatte, war ein streng vertrauliches gewesen, und er hatte ihr erklärt, daß es einen ausländischen Agenten namens Dostojewski gab, der einen Komplizen besaß, der in MikroKrieg arbeitete. Er hatte ferner erwähnt, daß Dr. Perrywit unter Verdacht stünde und es so aussähe, als wäre dieser Verdacht berechtigt. Ach du meine Güte, das war alles so verwirrend, denn da stand jetzt der arme Dr. Perrywit und gab sich praktisch an allem selbst die Schuld und schickte sich an, dem Leiter von MikroKrieg einen vollen Bericht zu liefern.

Dann kam ihr etwas Furchtbares in den Sinn. Würde denn ein ausländischer Agent, der Verdacht geschöpft hatte, daß man ihn verdächtigte, nicht versuchen, eben diesen Verdacht auf irgendeine Weise von sich abzulenken? Und war es etwa das, was Dr. Perrywit jetzt versuchte? Peter hatte sie gewarnt, daß die Lage gefährlich werden könnte. Er hatte ihr geraten, auf der Hut zu sein. Ach du meine Güte! Du meine Güte! Du meine Güte!

»Ich sagte: »Was, zum Teufel, ist in Sie gefahren, Frau?«

Dr. Slink fuhr zusammen. War das die Andeutung einer Drohung in Dr. Perrywits Stimme? Würde er versuchen, sie zur Preisgabe ihres geheimen Wissens zu zwingen? Dr. Perrywit stand zwischen ihr und der Tür. Zimmer und Tür waren schalldicht. Wer würde es hören, wenn sie schrie?

Ihr Busen wogte. Ihre Nasenflügel bebten. Ihre Augen weiteten sich. Ihr Gesicht wurde bleich.

Dr. Perrywit trat einen Schritt auf sie zu. »Verdammt, Dorothea, haben Sie die Sprache verloren?«

»Rühren Sie mich nicht an!« zischte sie. »Rühren Sie mich nicht an! Woher weiß ich denn, daß sie nicht mit Dostojewski unter einer Decke stecken?«

Dr. Perrywit trat einen weiteren Schritt auf sie zu. Dr. Slink zog sich zurück, sah ihn immer noch an. Angst schnürte ihr die Kehle zu, und ihre Glieder zitterten, während sie versuchte, sich nicht all die undenkbaren Schrecken auszudenken, die ihr vielleicht bevorstanden.

»Was soll der Quatsch von Mongolenhorden und Dostojewski?«

»Sie leugnen es also?«

»Was gibt es denn zu leugnen?«

»Sie leugnen es also nicht?«

Dr. Perrywit hatte das Gefühl, als löste sich rings um ihn alles, was noch den Gesetzen der Vernunft gehorchte, auf. Jetzt schien nach dem Greylaw-Fiasko zu allem Überfluß seine Assistentin auch noch den Verstand zu verlieren.

»Gott möge uns retten!« brüllte Dr. Perrywit. »Sie sprechen in Rätseln, Sie dumme Kuh! Jetzt versuchen Sie einen Augenblick lang, zusammenhängend zu denken, und sagen Sie, was diese Mongolen-Dostojewski-Geschichte bedeuten soll. Ich habe schon genug Ärger ohne eine verrückte Assistentin.«

Dr. Slinks Busen wogte und drohte jeden Augenblick ihren Katzenanzug zu sprengen. Ihr ganzes Leben lang hatte noch kein Mann so zu ihr gesprochen. Es war – es war fast wie ein körperlicher Angriff. Jetzt war sie sicher. Ein Engländer – ein echter Engländer – würde sich einer Dame gegenüber nie so benehmen.

»Bestie«, hauchte sie, »wie fühlt man sich denn, wenn man sein Mutterland verrät?«

Dr. Perrywit bemühte sich ohne viel Hoffnung, wenigstens noch eine Andeutung von Vernunft zu bewahren. »Dorothea«, rief er aus, »was auch immer Sie hier reden – und ich habe nicht die leiseste Ahnung, was das alles bedeuten soll – Sie haben jetzt genug gesagt. Jetzt wollen wir all den Quatsch vergessen und uns auf die praktischen Aspekte der Affäre Greylaw konzentrieren.« Er spreizte die Hände und flehte sie an, wieder zu der professionellen Karrierefrau zu werden, die er gekannt hatte.

Doch Dr. Slink interpretierte seine Geste falsch. »Rühren Sie mich nicht an! Rühren Sie mich nicht an! Durch Gewalt erreichen Sie gar nichts.« Sie zog sich wieder ein paar Schritte zurück, aber unglücklicherweise verhedderte sich ihr linker Fuß im Kabel des Schreibtischcomputers. Sie fiel nach hinten, und ihr Kopf stieß dabei an die Schreibtischkante.

Jetzt lag Dr. Slink mit ausgebreiteten Armen und Beinen und immer noch wogendem Busen auf dem Rücken, unter sich den dikken Teppich. Ihre Augen schlossen sich, öffneten sich dann wieder, zeigten das Weiße, schlossen sich, öffneten sich erneut und rollten. Ein Arm hob sich schlaff, legte sich schützend über ihren Busen und erschlaffte dann ganz. Ihre Lippen bewegten sich. Sie schien tief zu seufzen.

Wie vom Donner gerührt sah Dr. Perrywit sie an, registrierte jedes Zittern in jedem lieblichen Teil ihres hingestreckten Körpers. Dies war mehr als ein sterblicher Mann ertragen konnte. Dies war es, wovon er stets geträumt hatte.

Mit einem wilden Schrei warf er sich auf sie, riß wild an ihrem Katzenanzug und legte immer mehr von ihrem herrlichen elfenbeinweißen Fleisch frei. Einen kurzen Augenblick lang schien sie ins Bewußtsein zurückzukehren. Einen kurzen Augenblick lang versuchte sie ohne viel Erfolg, sich ihm zu widersetzen. Als aber Dr. Perrywit seine Aufmerksamkeit dem durchsichtigen Material zuwandte, das ihre herrlichen Schenkel beschützte, schloß sie erneut die Augen. Ihr Mund öffnete sich, und eine unwiderstehliche rosa Zungenspitze schob sich vor.

Dr. Perrywit riß hastig an seiner eigenen Kleidung, und dann lag er zwischen Dr. Slinks Beinen und stieß und stieß und stieß . . .

Und nichts . . .

Der Schweiß tropfte ihm von der Stirn.

Er küßte sie, streichelte sie, packte sie, kniff sie. Er stieß und stieß und stieß.

Und nichts. Nichts. Nichts.

Impotent!

Und dann löste sich Dr. Perrywit voll Trauer von Dr. Slink, die reglos auf dem Boden lag, und deren Atem schwer ging. Er zitterte, und der Schweiß tropfte ihm von der Stirn. Er fühlte sich scheußlich. Er brauchte seine Pillen. Er kauerte sich nieder und begann zu weinen.

Dr. Slink zog die Zungenspitze ein, öffnete die Augen, richtete sich auf und schrie. Und *schrie.* Und SCHRIE.

Dr. Perrywit zog seinen Reißverschluß hoch und sich selbst schnell aus dem Büro zurück. Eine halbe Stunde und zwei rosa Pillen später hatte er das Gefühl, wieder genügend Herr über sich zu sein, um ein Gespräch mit Sir Joshua Quartz, dem Leiter der Abteilung für Mikrobiologische Kriegführung, zu erbitten.

Nach einer halben Stunde war auch Dr. Slink der Meinung, sich wieder genügend im Griff zu haben, um ein Gespräch mit dem Leiter der Abteilung Mikrobiologische Kriegführung zu erbitten.

Dr. Perrywit berichtete alles, was er wußte – und das war nicht sehr viel – über Professor Greylaw und Projekt Gelassenheit.

Dr. Slink beschuldigte Dr. Perrywit der mehrfachen Vergewaltigung.

Sie benannte auch einen Herrn namens Dostojewski als Täter.

17

Eine lange Zeit war Peter Karamasow sich nicht sicher, wann er bei Bewußtsein war und wann er träumte. Diesmal dachte er, er sei bei Bewußtsein. Das war sein Pech. Er hatte recht.

Er war in Bandagen eingehüllt, und aus über ihm aufgehängten Flaschen ergossen sich geheimnisvolle Flüssigkeiten durch dünne, durchsichtige Schläuche in verschiedene Teile seiner Anatomie. Dies war also das Verhör, dachte er stumpf. Das Gentleman Agreement zwischen Ost und West war also in die Brüche gegangen, und man fing an, mit harten Bandagen aufeinander loszugehen. Er fragte sich, wie lange er schon der Folter ausgesetzt war. Nun, eine Kleinigkeit mehr würde er noch ertragen können. Er würde es ihnen schon zeigen, wozu ein Karamasow fähig war. Am Ende konnten sie ihn ja nur töten. Er würde ihnen nichts geben, das Wert hatte. Außer, der Preis war richtig.

Und dann verblaßten plötzlich seine Phantasien, und er erinnerte sich an alles. Er fühlte sich scheußlich. Er fühlte sich völlig zerschlagen. Er fühlte sich, als wäre er das Opfer eines Verkehrsunfalls auf einer Transitbahn geworden.

Mit einiger Schwierigkeit fokussierte er seinen Blick auf den weißgekleideten Mann, der neben seinem Bett stand.

»Tag, Kumpel«, sagte der Fremde freundlich. »Aus dem Land der Märchen zurück?«

»Wer sind Sie?«

»Dr. Moreau. Fahrgestellkonstrukteur, Künstler, Klempner, Schneider und Wiederhersteller des Lebens für die Dankbaren. Sie schulden mir zwölftausend Pfund.«

»Wo bin ich?«

»Intensivbehandlung. North Yorkshire Rekonstruktionsgesellschaft und Organbank. Ich sagte, daß Sie mir – also der Firma – zwölftausend Pfund schulden.«

Peter versuchte sich zu konzentrieren. »Zwölftausend Pfund?«

»Zwölftausend Pfund. Bargeld, bankbestätigter Scheck, Steine, Goldbarren, amtlich geschätztes Eigentum, konvertierbare Auslandswährung, etcetera. Wir sind da sehr flexibel. Zahlung bei Lieferung. In ein paar Tagen werden Sie lieferbereit sein. Frei Haus im Vereinigten Königreich. Ausländische Staaten kosten die normalen Fluggebühren plus Personalspesen plus zehn Prozent, *Bedienung eingeschlossen.*«

Peter versuchte sich aufzusetzen. Eine verborgene Hand schien seinen Leib entzweizuschneiden. Er entspannte sich, zwang sich, nicht zu schreien, und wartete, bis die innere Agonie nachließ.

Dr. Moreau beobachtete ihn, lächelte und schloß dann mit sich eine Wette ab, daß der Klient ohnmächtig werden würde. Er verlor.

Nach einer Weile konnte Peter Karamasow wieder sprechen. »Wofür schulde ich Ihnen zwölftausend Pfund?«

Dr. Moreau konsultierte ein kleines Kärtchen. »Für ein Herz, ein Auge, eine Niere, zwei Meter Gedärme, vierhundert Quadratzentimeter Gesichts- und Körperhaut, drei Finger, einen Fuß mit Gelenk, drei Liter Blut, sechs Knocheneinrichtungen, verschiedene kleinere Teile, Einbau, Pflege und Service.«

»Aber – das ist ja lächerlich!«

Dr. Moreau strahlte ihn jovial an. »Unsinn. Kleine Fische. Einmal haben wir einen NaTel-Direktor mit einem Herzen, beiden Beinen, beiden Nieren, dem ganzen Magen und –«

Plötzlich kam Peter ein Gedanke. »Iljitsch«, unterbrach er den Arzt. »Mein Bruder. Wo ist er? Was ist aus ihm geworden?«

»Der Witzbold, der in dem Wrack um Sie gewickelt war?«

»Ja, das muß Iljitsch gewesen sein.«

»Er war der Spender.« Wieder lächelte Dr. Moreau. »Wir hatten Glück, mein Freund. Irgend jemand dort draußen im Orbit muß Sie mögen. Es kommt nicht oft vor, daß wir eine exakte Kopie bei normaler Körpertemperatur mitgeliefert bekommen. Sie hatten großes Glück. Ohne Stinkowitsch, oder wie er hieß, würden Sie sich jetzt in neun verschiedenen Kühlschränken befinden.«

Peter schauderte es. Was für ein Urteil! Was für eine schreckliche, groteske, pervertierte Vergeltung. Wenn er Iljitsch nicht so mißtraut hätte, hätte nichts von alldem geschehen müssen. Und jetzt hatte Iljitsch, selbst im Tode, alles – oder zumindest reichlich – gegeben, um das Leben seines unwürdigen Bruders zu retten. Verrückte Gedanken begannen durch den schmerzenden Schädel Peter Karamasows zu kreisen. Konnte es sein, daß Gott trotz Kathoprot nicht ganz tot war? War dies vielleicht Seine Methode, einem berufsmäßigen Sünder die Botschaft der Liebe nahezubringen? Plötzlich war Peter sehr bewegt. Plötzlich war er so von dem Wissen um die Macht der Liebe überwältigt, daß er sterben wollte. Aber gleichzeitig war ihm in tiefer Trauer bewußt, daß es seine Pflicht war zu leben. Zu leben, damit Iljitsch nicht vergebens gestorben war. Damit andere begriffen . . .

Aber zurück zu den praktischen Dingen des Lebens. Mit einiger Mühe reglementierte er die seltsame Liebe, die in ihm aufwallte, um wirksamer mit dem leichenschänderischen Dr. Moreau umgehen zu können. Die Zeit, sich der universalen Liebe hinzugeben, war dann gekommen, wenn er nicht mehr an all diesen Schläuchen hing.

Er beglückte Dr. Moreau mit einem schwächlichen, aber triumphierenden Lächeln. »Wie Sie sagen, gehören die Teile, die Sie transplantiert haben, meinem Zwillingsbruder Iljitsch. Deshalb brauche ich nicht für sie zu bezahlen. Ich brauche nur für die Installation zu bezahlen, die, da meines Wissens der Prozeß im wesentlichen automatisiert ist, keinen besonders hohen Betrag ausmachen dürfte.«

Dr. Moreau seufzte. Er hoffte, daß dies nicht einer der Schwierigen werden würde.

»Hoffentlich werden Sie jetzt nicht schwierig«, sagte er.

»Dr. Moreau, ich bin ein vernünftiger Mann, aber zwölftausend Pfund ist eine Menge Geld. Da Iljitsch die Teile geliefert hat, haben Sie doch ganz sicher nur Anspruch auf die Installationskosten?«

»Hören Sie, Sie Witzbold. Ich will das hinter mich bringen. Wem gehören Stinkowitschs Überreste – Ihnen?«

»Der Name ist Iljitsch«, korrigierte Peter kühl.

»Keine Umschweife. Ich habe Sie gefragt: Wem gehören Stinkowitschs Überreste – Ihnen?«

»Nein . . . Aber Iljitsch.«

»Er existiert nicht; und wenn er nicht existiert, wie kann er dann etwas besitzen? Zum Teufel, wir haben alles nach Tätowierungen, Medaillons oder Zertifikaten überprüft. An der Leiche war nichts dergleichen. Also – wer zuerst kommt, mahlt zuerst. Das waren wir – und Sie.«

»Was soll das mit den Tätowierungen, Medaillons und Zertifikaten?« fragte Peter kläglich. Vor ein paar Augenblicken war er noch überzeugt gewesen, daß Dr. Moreau sich in einer schwachen Position befand. Aber der Mann schien davon überzeugt, sich in einer starken Position zu befinden. Das war alles sehr beunruhigend.

»Die K.S.-Tätowierung. Das K.S.-Medaillon. Das K.S.-Zertifikat«, verkündete Dr. Moreau triumphierend. »Wo das vorliegt, dürfen wir das Fleisch nicht berühren. So lautet das Gesetz. Aber Ihr kleiner Bruder war vogelfrei.«

»Bitte. Ich verstehe das nicht. Was bedeutet K.S.?«

Wieder seufzte Dr. Moreau und blickte himmelwärts. »Warum muß ausgerechnet ich immer diese Scheiß-Ausländer erwischen?« fragte er die Zimmerdecke. Sie gab keine Antwort. Also wandte er sich wieder Peter Karamasow zu. »Hören Sie, Charlie. K.S. heißt ›keine Spende‹. Was macht man denn heutzutage, wenn einem die Uhr abläuft? Begraben tut man keinen mehr, weil das illegal ist, weil Land zu wertvoll ist. Also spendet man und verbrennt. Sofern der Typ nicht zu den Spinnern gehört. Wenn er Immunität will, zahlt er die übliche K.S.-Steuer. Wenn er dann stirbt, sagen wir, bei einem Verkehrsunfall, sammeln die Büttel das Fleisch ein, kühlen es die vorgeschriebenen sieben Tage, jagen sein Id durch die Computer und warten. Wenn sich niemand meldet, schiebt man ihn in die heiße Box, weil der Verblichene bereits seine Krematoriumsgebühren bezahlt hat . . . Kapiert?«

»Teilweise«, erwiderte Peter etwas bedrückt. »Aber bitte erklären Sie mir das mit dem Id und dem Computer. Das ist mir noch nicht ganz klar.«

»Die Identität wird im Computer des Ministeriums für Sterblichkeit überprüft, der codierte Anweisungen für die Beseitigung von K.S.-Fleisch hat. Wenn von dort keine Einwände kommen, wird der Verblichene in die nächste Heißbox geschoben. Okay?«

»Okay . . . Nein. Ich wollte sagen, nicht okay. Nicht, was Iljitschs Körperteile angeht.«

»Eigentum des Finders. So steht's im Gesetz.«

»Nichtsdestoweniger«, blieb Peter störrisch, »werde ich nicht für Organe bezahlen, die meinem eigenen Bruder entnommen sind.«

Dr. Moreau strahlte. »Gut. Freut mich, daß Sie es auch so sehen wie wir.«

Peter war plötzlich beunruhigt, weil die Haltung des anderen sich völlig verändert zu haben schien. »Was meinen Sie damit?«

»Wir müssen die Ablehnung juristisch korrekt haben, also schriftlich«, fuhr Dr. Moreau geschäftsmäßig fort. »Keine Sorge. Wir machen das gleich. Sie brauchen bloß zu unterschreiben. Finito.«

Peter war noch bestürzter. »Was wollen Sie damit *sagen*?«

»Ganz einfach. Sie lehnen die Zahlung ab, und wir holen uns unsere Ware zurück. Ein Herz, ein Auge, eine Niere etcetera, etcetera. Dann sterben Sie. Dann haben wir wieder ein Auge, eine weitere Niere, das ganze Leitungssystem, die Glieder und eine komplette Haut. Gesamtwert für die North Yorkshire Rekonstruktionsgesellschaft und Organbank etwas über Zwanzigtausend, würde ich sagen. Ein gutes Geschäft.

In seiner Angst versuchte Peter erneut, sich aufzusetzen. Was er gleich bitter bereute. Als die Bandsäge aufgehört hatte, ihn erneut in Stücke zu schneiden, war er über und über mit Schweiß bedeckt.

Dr. Moreau beobachtete ihn mit Geduld und einiger Befriedigung.

»Bitte«, stöhnte Peter schwächlich. »Ich habe es mir überlegt. Ich werde die Gebühr bezahlen. Es gibt da ein Nummernkonto in Genf und –«

»Schade«, unterbrach ihn Dr. Moreau. »Wirklich schade. Das ist nicht persönlich gemeint, aber wir hatten natürlich auf Zahlungsunfähigkeit gehofft. Also, jetzt geben Sie uns den Namen der Bank, die Kontonummer und eine Vollmacht, damit wir uns erkundigen können, ob das besagte Konto für, sagen wir fünfzehntausend, gedeckt ist. Wenn die Bestätigung kommt und der Lieferzeitpunkt da ist, ist alles klar . . . Wir hatten schon mehrmals mit diesen schweizerischen Konten zu tun. Unangenehm. Vorsichtig. Diskret. Die kabeln das Moos nur ganz selten. Also müssen wir den Körper zum Zahlungsort bringen. Deshalb die fünfzehntausend. Material, Installation, Frachtgebühren, Betreuung unterwegs und zehn Prozent, *Service eingeschlossen* . . . Sind Sie zufrieden?«

»Ja«, murmelte Peter, dem die Tränen über das Gesicht strömten. »Ich bin zufrieden.«

»Schön . . . Schön. Dann gibt es keine Probleme mehr. Entspannen Sie sich. Wir erledigen alles . . . Wir sehen uns dann am Flughafen.« Fröhlich winkend verließ Dr. Moreau das Zimmer.

Peter Karamasow lag auf seinem Kissen und starrte zur Decke. Er dachte an Iljitsch und sein letztes Opfer und wußte, daß selbst die schnöde kommerzielle Haltung von Dr. Moreau diesem Opfer keinen Makel würde aufdrücken können. Er war der Ansicht, noch nie in seinem Leben etwas so Herzbewegendes erlebt zu haben.

»Bruder«, murmelte er, »selbst der Tod hat uns nicht getrennt. Hat das nicht die Vorsehung so gewollt? Hat nicht die Vorsehung alles so eingerichtet, damit ich die Botschaft der perfekten Liebe begreifen konnte?«

Und jetzt fühlte Peter sich besser. Fast glücklich war er. Und dann schlief er ein.

18

Gabriel hatte beschlossen, daß er seinem Studio einen Besuch abstatten würde. Er wollte dort einige Dinge abholen, und dann gab es auch Verschiedenes zu erledigen. Probleme sollten sich daraus eigentlich nicht ergeben, sagte er sich, weil es bis jetzt wirklich noch keinen Grund gab, ihn offiziell mit der P 939-Geschichte in Verbindung zu bringen. Camilla würde das einzige Bindeglied darstellen, das MikroKrieg hatte – falls MikroKrieg bis jetzt überhaupt begriffen hatte, daß es die größte mikrobiologische Waffe aller Zeiten entwickelt und gleich anschließend wieder verloren hatte.

Das Studio befand sich im obersten Geschoß eines der ältesten Türme in Queensway Village. Ursprünglich war es ein kleines Penthouse gewesen, das man nachträglich auf den alten Wohnblock gesetzt hatte. Und da das nachträglich erfolgt war, boten die Feuerleiter und eine enge Stahltreppe, die vom obersten Stockwerk durch das Dach nach oben führte, auch den einzigen Zugang dazu.

Während Gabriel die Treppe hinaufging, versuchte er sich darüber klarzuwerden, wie lange es her war, daß er zuletzt zu Hause gewesen war. Nur ein paar Tage, aber ihm kam es vor wie Wochen. Das Leben mit Camilla, sinnierte er, hat etwas so Konzentriertes an sich. In den letzten paar Tagen hatte sich Interessanteres ereignet als in dem ganzen vorangegangenen Jahr.

An der Studiotür gab es keinen Id-Ring, nur ein ganz gewöhnliches Schloß. Gabriel hatte seinen Schlüssel. Er brauche ihn nicht. Die Tür war nicht abgeschlossen.

Er ging hinein. Niemand war da.

Aber neben den leeren Wodkaflaschen, Weinflaschen, Erdnußpäckchen und den leeren Konservendosen, die Gabriel selbst hinterlassen hatte, gab es hier Anzeichen, daß in letzter Zeit jemand das Studio benutzt hatte. Verschiedene weibliche Unterwäschestücke hingen in dem kleinen ungepflegten Badezimmer an einer Schnur. Überall standen Kosmetiktöpfe und Tuben. Im Kühlschrank fand er ein halbgegessenes Huhn, etwas gekochtes Fleisch und zwei oder drei Flaschen deutschen Wein.

Im Studio ließen die Spuren des Eindringlings ein viel subtileres

Eindringen in Gabriels private Welt erkennen. Auf seiner Lieblingsfigur – Akt in Ekstase, mit viel Liebe und Sorgfalt aus einer 1979er Ausgabe der Enzyklopädie der Psychopathologie geschaffen – wies ein kleiner roter Pfeil auf den Unterleib; auf dem Bauch war in derselben Farbe über dem Pfeil zu lesen ›dort einführen‹. Und über die Gesäßbacken einer größeren Arbeit – Der Liebhaber – war gekritzelt: ›Ich hasse Homosexuelle‹. Und auf der großen Fläche der Fruchtbarkeit einer schwangeren Frau, die er aus den gesammelten Werken von D. H. Lawrence geschaffen hatte, war die Legende zu lesen: ›Nicht gegen die Pimmel treten.‹

Die Studiowände waren mit ähnlich vulgären Aphorismen bekritzelt, vermutlich mit Lippenstift. Und bei den bildhaften Kritzeleien drehte sich ihm sein Künstlerherz um. Geschmacklos.

Ein paar Augenblicke lang war Gabriel völlig verblüfft. Dann hörte er Schritte auf der Feuerleiter und ahnte, wer sein Studio übernommen hatte.

Das Mädchen, das hereinkam, war knabenhaft schlank und immer noch so atemberaubend schön, wie Gabriel sie in Erinnerung hatte. Er hatte einmal sechs Wochen lang, die ihn an den Rand der physischen Erschöpfung gebracht hatten, mit ihr zusammengelebt. Sie war etwa neunzehn Jahre alt und vermutlich die kleinste, hartnäckigste und frigideste Nymphomanin in ganz London. Ihr wirklicher Name war Aurora Perkin, und sie war die Tochter des Vater-Diakons von Winchester. Gabriel hatte sie immer Messalina genannt.

»Tag, Messalina.«

Fast hätte sie die große Plastiktüte mit Lebensmitteln fallen lassen, die sie in der Hand hielt. Dem Geräusch nach enthielt die Tüte vorwiegend Flaschen.

»Gabriel! Jetzt hätte ich mich bald naß gemacht – wo bist du denn gewesen, Junge? Ich war einsam.«

»Ich bin dringend abberufen worden.«

»Und jetzt bist du zurück?«

»Nein.«

»Gott sei Dank. Ich – äh – habe andere Arrangements getroffen.« Sie lachte. »In rauhen Mengen . . . Du bist doch einverstanden, wenn ich deine Wohnung benutze?«

»Und wenn ich es nicht wäre?«

Messalina seufzte. »Das wäre schwierig. Aber, Gabriel, Liebster, ich muß sie haben. Man hat mich überall rausgeschmissen. Sei nicht langweilig.«

»Ich würde nicht einmal im Traum daran denken, langweilig zu sein . . . Und außerdem hast du dich ja schon ganz gut eingelebt.« Er warf einen Blick auf die Kritzeleien und die allgegenwärtigen Kosmetikfläschchen.

»Dann macht es dir nichts aus?«

»Natürlich macht es mir etwas aus, verdammt viel sogar. Nicht, daß es etwas zu sagen hätte«, fuhr er sie gereizt an. »Aber mußt du deinen zurückgebliebenen Sinn für Humor unbedingt an meinen Buchskulpturen auslassen? In diesen Stücken steckt eine Menge Arbeit.«

»Du bist süß«, sagte Messalina und entledigte sich schnell und geschickt sämtlicher Kleider, »du nimmst dich viel zu ernst . . . Sei mir nicht böse, wenn ich so direkt bin, aber hoffentlich bleibst du nicht zu lange. Ich erwarte nämlich Gäste, mußt du wissen. Nette, fette, fleischige Gäste.« Sie legte sich auf das Studiobett – so wie es aussah, war es seit mindestens einem Dutzend Besucher nicht mehr gemacht worden – und begann sich die Nägel zu maniküren.

»Nein, ich bleibe nicht lange. Ich bin nur gekommen, um ein paar persönliche Dinge mitzunehmen.« Er sah Messalina an und staunte wieder über ihre Kleinheit, ihre Körperproportionen und die Grazie, mit der sie alles tat. Wirklich alles.

Sie ist eine Straßenkatze, überlegte er. Nein, ein Raubtier. Nein, ein trauriges kleines Kind im Körper eines kleinen Kindes. Es gab Teenies, deren Busen kräftiger entwickelt war als der ihre, aber er zweifelte, daß es im Umkreis von fünfzig Kilometern noch eine zweite Frau gab, die mit solch verzehrendem, unlöschbaren Feuer erfüllt war.

Plötzlich kam ihm ein Gedanke. Ein köstlicher Gedanke. Ein wunderbarer Gedanke.

»Messalina, was diese Gäste angeht . . . hast du Zeit, für mich die Beine breitzumachen?«

Sie musterte ihn interessiert. »Darling, was für ein Witz! Du hast doch geschworen, daß du es nie wieder mit mir treiben würdest.

Erinnerst du dich nicht?«

»Das war, weil ich dich liebte.«

»Du liebst mich nicht mehr?«

»Nein.«

»Dann ist es gut. Es war doch ziemlich beengend.« Messalina beugte sich über den Bettrand und suchte am Boden herum. Sie fand einen Apfel, einen großen roten Apfel. »Gott, mag ich Äpfel! Sie sind so sauber und frisch. Außerdem sterbe ich vor Hunger. Ich muß wirklich etwas essen . . . Es macht dir doch nichts aus, Darling, oder?«

Gabriel, der bereits halb entkleidet war, starrte sie an und hob eine Braue. Dann zuckte er die Achseln. »Nein, das macht mir nichts aus.«

Sie kicherte. »Eben. Den Umständen nach wäre ohnehin das Gegenteil eher angebracht.« Sie legte sich auf den Bauch, hob den Kopf etwas an und begann schmatzend den Apfel zu bearbeiten.

Gabriel gab sich redliche Mühe, Messalinas Konzentration auf den Apfel nicht zu beeinträchtigen. Es bereitete ihm eine gewisse Befriedigung, daß sie gegen Ende zu ein paar Augenblicke lang zu kauen aufhörte.

Dann löste er sich von ihr, stieg vom Bett und bedauerte sie unverzüglich.

Er bedauerte all die Erfüllung, die sie nie gehabt hatte, und all die Erfüllung, die sie nie haben würde.

Ohne Zweifel würden, ehe der Tag zur Neige ging, noch viele Körper auf Messalina liegen, aber das würde nichts erreichen, überhaupt nichts. Eines Tages würde jemand sie aus schierem Mitleid töten, weil sie gar nicht wußte, was es war, am Leben zu sein.

Er war von Zärtlichkeit erfüllt. Das arme Kind. Keine Straßenkatze. Kein Raubtier. Nur jemand, der ein goldenes Vlies suchte. Nur, daß es für Messalina nie ein goldenes Vlies gegeben hatte. Dafür hatten der Vater-Diakon von Winchester und irgendein Witzbold dort oben im Orbit gesorgt.

»Das war recht angenehm«, seufzte Messalina. »Recht, recht angenehm.« Sie legte die Überreste des Apfels unter das Bett zurück.

Gabriel war vernünftig genug, sie nicht präzise zu befragen, wovon sie redete. Er suchte seine Taschen nach Geld ab, fand etwa fünfzig Pfund und steckte sie in die Plastiktüte, die immer noch auf dem Boden lag.

»Messalina«, sagte er, »du hast dich gerade dem Heer angeschlossen. Die Sache ist gerecht, der Sieg gesichert, du wirst einen ausgezeichneten Soldaten abgeben, und ich hoffe, daß du einen interessanten Krieg haben wirst.«

»Quatsch«, sagte Messalina. »Aber vielen Dank für das Geld. Was soll der Scheiß, von wegen Krieg? Wer führt ihn denn?«

»Du führst ihn – für den Frieden. Das sagen sie doch immer, nicht wahr?« Er lachte. »Keine Angst, meine Kleine. Du bist ein unbesiegbarer Stoßtrupp ganz für dich allein. Hasta la pizza.« Gabriel warf ihr eine Kußhand zu und verließ das Studio.

19

Sir Joshua Quartz, Leiter der Abteilung für Mikrobiologische Kriegführung, befand sich mitten in einem recht schwierigen Interview mit The Right Honourable Theodore Flower, Minister für Internationale Sicherheit und Rassenharmonie. Er hatte dem Minister gerade alles gesagt, was er über die Affäre Greylaw – Perrywit – Slink wußte, und der Minister, ein jüdischer Neger von beachtlicher politischer Macht, den die Proleten aus den Midlands infolge eines mächtigen Schuldkomplexes fünfmal hintereinander ins Parlament gewählt hatten, war alles andere als glücklich.

Er blickte streng hinter seinen dicken Brillengläsern und einem zwei Meter breiten Schreibtisch auf diesen armseligen Angehörigen des weißen Packs, der ihm die traurige Geschichte vorgetragen hatte.

»Das sieht sehr ernst aus, Quartz.«

»Ja, Herr Minister.«

»Vielleicht muß ich mich sogar von Ihnen trennen.«

»Ja, Herr Minister.«

»Stellen Sie sich doch die Schlagzeilen vor: MikroKriegs-Wissenschaftler vergewaltigt Assistentin, während die Roten Friedensdroge stehlen . . . Quartz, es tut mir leid, aber es sieht sehr ernst aus. MikroKrieg ist ein Symbol für mein ganzes Ministerium . . . Vielleicht muß sogar ich zurücktreten. Haben Sie daran gedacht?«

»Nein, Herr Minister.«

»Dann denken Sie jetzt daran, Mann. Mir gefällt Ihre Haltung gar nicht.«

»Es tut mir leid, Herr Minister.«

Plötzlich lehnte sich der Minister für Internationale Sicherheit und Rassenharmonie in seinem Sessel zurück und warf dem Leiter der Abteilung für Mikrobiologische Kriegführung einen durchdringenden Blick zu. Er sagte eine ganze Minute lang nichts. Auf Sir Joshuas Stirn bildeten sich winzige Schweißperlen.

»Ich habe schon eine Zeitlang das Gefühl«, schnarrte der Minister dann, »daß Sie mich nicht vollständig informiert haben. Ich hatte das Gefühl, daß das vielleicht persönliche Gründe hat . . . Haben Sie etwas gegen jüdische Neger, Quartz?«

»Ja – ich meine nein. Ich meine, Sir, ich finde, daß jüdische Neger – daß sie Leute sind so wie andere Leute.«

»Leute wie andere Leute!« erregte sich der Minister. »Sie haben sie doch nicht alle, Mann. Oder Sie sind blind. Oder beides . . . Sie sind also nicht der Ansicht, daß jüdische Neger dafür geeignet sind, verantwortliche Stellen auszufüllen?«

Sir Joshua zitterte jetzt. »Nein, Sir. Ich will sagen, ich finde, daß jüdische Neger ungemein tüchtige Menschen sind.«

The Right Honourable Theodore Flower beugte sich dramatisch vor und schlug mit der Faust auf den Tisch. »Aber nicht gut genug, um Minister der Krone zu sein, was? Ist es das?« bellte er. Und dann fuhr er schneidend fort: »Ich habe über Sie nachgedacht, Quartz. Seit einiger Zeit habe ich über Sie nachgedacht. Ich hatte das Gefühl, daß Sie mich nicht mögen. Ich hatte das Gefühl, daß Sie nicht im vollen Umfang mit mir kooperieren wollen. Ich hatte das Gefühl, daß Sie Dinge vor mir zurückhielten . . . Und dann ist da noch ein Aspekt, Quartz. Woher soll ich denn wissen, daß nicht Sie und vielleicht noch ein paar andere dieses ganze Theater nur angezettelt haben, um mich in Mißkredit zu bringen?« Wieder schlug er auf den Schreibtisch. »Aber das ist gleichgültig. Ich bin groß genug, um damit fertig zu werden, Quartz. Groß genug, um damit fertig zu werden. Eines will ich Ihnen sagen: Solange ich hier sitze, wird es in meinem Ministerium kein weißes Pack geben, das rassistische Verschwörungen anzettelt. Ist das klar?«

Der Minister stellte befriedigt fest, daß seine Rede eine gewisse Wirkung gezeigt hatte. Sir Joshua Quartz schwitzte jetzt nicht nur und zitterte, er weinte auch lautlos. Der Minister ließ ihn eine Weile leiden und sagte dann fast milde: »Solange es Ihnen nur wirklich leid tut, Quartz. Das ist es, worauf es ankommt, Mann. Reue . . . Nehmen Sie es nicht so schwer. Vielleicht ist es gar nicht nötig, daß ich mich von Ihnen trenne.«

»Danke, Herr Minister«, schniefte Sir Joshua. »Vielen Dank, Sir . . . Da – da ist noch diese Sache mit der Gelassenheits-Droge. Bitte, Sir, würden Sie mir einen Rat geben? Ich – ich habe das Gefühl, die Angelegenheit übersteigt jetzt meine Kompetenzen.«

»So ist es besser, alter Junge. Sehr vernünftig, zuzugeben, wenn Sie nicht mehr weiter wissen. Wir sind Freunde und Kollegen, vergessen Sie das nicht. Wir haben Vertrauen zueinander. Wir verlassen uns aufeinander. Ist es nicht so?«

»Ja, Herr Minister.«

»Und keine Ressentiments gegen jüdische Neger, nein?«

»Nein, Herr Minister . . . Ich – ich finde, daß jüdische Neger manchmal mit außergewöhnlichen Fähigkeiten ausgestattet sind.«

»Das sind kathoprotische Weiße auch«, meinte der Minister großzügig. »Zum Teufel, es sind auch Menschen. Einige meiner besten Freunde sind – aber wollen wir zur Sache kommen. Was würden *Sie* tun, Mann?«

»In welcher Angelegenheit, Herr Minister?«

»In der Angelegenheit Ihres Sexualtäters und der Friedensdroge«, herrschte der Minister ihn gereizt an. »Davon reden wir doch die ganze Zeit, oder?«

»Ja, Herr Minister. Es tut mir leid . . . Ich – ich hatte vor, Perrywits Rücktritt zu verlangen und eine gründliche Untersuchung durch die Sicherheitsstelle zu verlangen. Sind Sie damit einverstanden, Sir?«

»Nein, Quartz. Ich bin damit nicht einverstanden. Wenn Sie

Perrywit auf die Weide schicken, gibt es weitere Lecks. Er wird die Geschichte NaTel oder InterNews verkaufen oder irgend so was. Außerdem ruft eine Sicherheitsüberprüfung jeden ausländischen Agenten im ganzen Land auf den Plan. Dann riskieren wir, daß wir nicht nur die Droge verlieren, sondern darüber hinaus noch ein halbes Dutzend weiterer Projekte. Außerdem wird es Fragen im Parlament geben, Proteste bezüglich der Forschungsprojekte von MikroKrieg, Reden in der U.N. und möglicherweise eine neue Abkühlung zwischen Ost und West. Quartz, Sie haben ein natürliches Talent für Katastrophen.«

»Es tut mir leid, Herr Minister.« Sir Joshua sah aus, als wollte er jeden Augenblick wieder in Tränen ausbrechen.

»Jetzt fragen Sie mich, was ich zu tun empfehle«, sagte der Minister.

»Ja, Sir. Vielen Dank, Sir. Was empfehlen Sie?«

»Ich empfehle, die Frau zu entlassen – Kink, oder wie sie heißt –, und zwar wegen unsittlichen Benehmens während der Bürozeit. Damit mindern Sie den Wert jedweder Enthüllung, die sie vielleicht beabsichtigt. Ich vermute, daß sie sich sehr ruhig verhalten wird. Dann schlage ich vor, daß wir diesen verrückten Perrywit für unzurechnungsfähig erklären lassen – was er wahrscheinlich auch ist. Auf diese Weise gehen wir dem Risiko einer Habeas-Corpus-Beschwerde aus dem Weg und damit auch der Publizität, zu der so etwas immer führt. Außerdem schlage ich vor, daß sämtliche, das Projekt betreffenden Akten aus der Registratur von MikroKrieg entfernt werden und daß die Sicherheitsabteilung überhaupt nichts erfährt. Sie soll lediglich ihre Schnüffler zurückrufen . . . Sind Sie einverstanden, Quartz?«

»Ja natürlich, Herr Minister.« Sir Joshua schluckte. »Aber warum, Sir?«

The Right Honourable Theodore Flower lächelte gütig. »Ich will Ihnen sagen, warum, Quartz. Möglichkeit eins – die Amerikaner haben die Tiere gestohlen. Möglichkeit zwei – die Russen haben sie gestohlen. In beiden Fällen werden sie die Forschungsarbeiten finanzieren müssen, die den Tranquilizer isolieren. Vielleicht haben Sie das auch schon getan. Es hat nichts zu sagen. Worauf es ankommt, ist, daß es in beiden Organisationen genügend Doppelagenten gibt, daß wir ohne Mühe das Ganze zum richtigen Zeitpunkt und zum richtigen Preis zurückholen können. Auf diese Weise gibt es keinen Skandal, keine Proteste, gar nichts ... Was halten Sie davon, Quartz?«

»Sir«, sagte Sir Joshua, »das ist meisterhaft.«

Der Minister schüttelte den Kopf. »Nein, Quartz, nur staatsmännisches Handeln ... Aber, alter Junge, ehe Sie gehen, wollen wir noch eines klarstellen: Wir leben in einer Demokratie, und ich persönlich bin stolz darauf, ein englischer jüdischer Neger zu sein. Ich möchte, daß Sie dies nie vergessen! Gerade InSichRass muß, wie die Italiener sagen, *sans peur et sans reproche* sein. Wenn Sie daher jemals irgendeinen weißen Mitarbeiter rassistischer Gefühle verdächtigen, gleichgültig, welchen Rang und welche Position der Betreffende innehat, möchte ich, daß Sie sofort zu mir kommen. Ist das klar, Quartz?«

»Ja, Herr Minister.«

»Und Sie sind ganz sicher, daß Sie nichts gegen jüdische Neger in leitenden Positionen haben?«

»Vollkommen sicher, Herr Minister.«

»Gut. Das wäre dann alles, Quartz. Sorgen Sie dafür, daß dieser Perrywit sobald wie möglich für geistesgestört erklärt wird.«

20

Camilla befand sich nun in der zweiten Phase des P 939 Zyklus – obwohl eigenartigerweise die Auswirkungen der ersten Phase nicht wesentlich geringer geworden waren – und aß jetzt eine ganze Menge. Sie nahm dabei zu, aber das vollzog sich noch so langsam, daß eine gehörige Zeit vergehen würde, bevor sie sich deshalb Sorgen zu machen brauchte.

An dem Tag, an dem Gabriel mit Messalina eine Schlacht für die Gelassenheit schlug, entschied sie sich dafür, es mit Señor Manuel Labore, *Chargé d'affaires* bei der Republik Tierra del Fuega, zu versuchen. Sie dachte, daß eine Ilfiltration des Diplomatischen Korps weitreichende Konsequenzen haben könnte. Außerdem war er als Nachbar natürlich ein sehr bequemes Zielobjekt. So hüllte sie sich, von einer Avokadobirne, drei Lammkoteletts und zwei Stück Cremetorte gestärkt, in ein durchsichtiges Hausnegligé, einen winzigen Hauch von *Je Reviens*, und begab sich, für den Fall von Schwierigkeiten mit einer InSex-Tablette bewaffnet, nach nebenan – um sich etwas Kaffee auszuborgen, wie sie vorgab.

Das InSex erwies sich als unnötig. Señor Manuel Labore war in bezug auf die Damenwelt einigermaßen talentiert. Vom einleitenden Gin und Tonic bis zu einer energischen, wenn auch kurzen Übung auf schwarzen Seidenlaken und Kissen vergingen weniger als fünfundvierzig Minuten. Auf diese Weise, überlegte Camilla, als ihr Pulsschlag und ihr Atem sich wieder normalisiert hatten, würde sie, selbst wenn man gewisse Ruhepausen und die Reisezeit mit einkalkulierte, sechs ähnliche Aktionen pro Tag schaffen.

Manuel war ein junger gutaussehender Mann mit dunklem Teint, der Camilla dadurch überraschte, daß er ziemlich gebrochen spanisch sprach. Als sie ihn darüber befragte, legte er ein entwaffnendes Geständnis ab. Es stellte sich heraus, daß er der Geburt nach Brite war und erst kürzlich Tierra del Fueganer geworden war, insbesondere deshalb, weil er als *Chargé d'affaires* über ein großes Spesenkonto verfügte, und noch mehr deshalb, weil er innige Beziehungen zur Tochter des argentinischen Gesandten beim Hof von St. James unterhielt.

Camilla mochte ihn. Sie mochte sogar seinen echten Namen, der Christopher Crumpet lautete.

Als sie ihn unter Mitnahme ihres Päckchens Kaffee verließ, das sie eigentlich gar nicht brauchte, sagte sie: »Vielen Dank für den Kaffee, Christopher – und für die Gastfreundschaft natürlich. Vielleicht bietet sich einmal Gelegenheit, unsere Unterhaltung fortzusetzen.«

Er schnitt eine Grimmasse. »Biite, Señorita«, sagte er mit schrecklichem Akzent. »Ich will wie Manuel deenken. Ich bemiehe mich, spanisch zu deenken, was ich vielleicht spreechen muß, wenn ich je nach Tierra del Fuego kommen sollte – Madre de Dios, und hoffentlich erspaarrt mir das der Himmel.« Plötzlich schien ihm ein Gedanke zu kommen, und er verzichtete auf den spanischen Akzent. »Sagen Sie, Camilla, erwartet Sie etwa Ihr – ein schreckliches Wort – Mann?«

»Nein. Ich hoffe, daß er anderwärts tätig ist.«

»Gut. Sie möchten doch nicht etwa mit zu einem diplomatischen Empfang kommen? Schrecklich langweilig offen gestanden. Aber die Drinks sind gratis und das Essen auch, und manchmal lernt man interessante Leute kennen. Er findet in der Russischen Botschaft statt. Die feiern dort irgend etwas. Es hat mit einem alten Volkssänger zu tun. Er hieß Iwan der Schreckliche.«

Camilla lächelte. »Wissen Sie, ich würde wirklich gern zu dem Empfang gehen. Ich bin noch nie auf einem diplomatischen Empfang gewesen – und wie Sie sagen, Christopher, vielleicht lerne ich ein paar interessante Leute kennen.«

Er seufzte. »Biite, mi amanti, ich deenke Manuel Labore. Biite ziehen Sie schnell Kleid an, und ich werde waarrten. Gracias.«

»Geben Sie mir zwanzig Minuten«, sagte Camilla.

Gabriel kehrte ziemlich spät am Abend und mit sich recht zufrieden zurück. Camilla war noch aus, vermutlich arbeitete sie. Er war müde und nahm sich vor, sich noch eine Tasse Tee zu machen und sie dann im Bett zu erwarten. Vielleicht konnten sie dann noch in gemütlich häuslicher Atmosphäre ihre Tageserlebnisse miteinander diskutieren. Das waren eben die so häufig unterschätzten Freuden der Ehe.

Gabriel hatte allen Anlaß, mit sich zufrieden zu sein. Nach seinem Rencontre mit Messalina war er in einen Klub gegangen, der sich ›Der offene Deckel‹ nannte und von Künstlern, Pseudo-Künstlern, Fotomodellen und Pseudo-Modellen besucht wurde. Im ›Offenen Deckel‹ hatte er sich an kaltem Bier und Whisky delektiert. Anschließend hatte er hintereinander einige höchst befriedigende Arrangements getroffen – die später in einem Separée ihren Abschluß fanden –, wobei er sich die beiden erfolgversprechendsten Frauen ausgesucht hatte, die erreichbar waren. Er hatte sogar daran gedacht, sich noch an eine Dritte heranzumachen, dann aber beschlossen, sich noch ein wenig Kraft aufzuheben, falls Camilla noch des Trostes bedurfte.

Sie kehrte in die Wohnung zurück, ehe der Tee kalt geworden war. Während Gabriel im Bett lag und ihr dabei zusah, wie sie sich entkleidete, spürte er eine Woge von Zuneigung in ihm aufsteigen. Das war nicht Sex, das war auch kein romantischer Unsinn, sondern echte Zuneigung. Auch Freundschaft. Vielleicht war es das, was die Ehe bedeutete.

Camilla sah müde aus. Sie küßte ihn. »Tee! Was für ein köstlicher Gedanke! Ich werde den Topf leer trinken und dann mußt du frischen machen . . . Hast du einen guten Tag gehabt, Darling?«

»Nicht schlecht«, antwortete er bescheiden. »Eine garantiert vierundzwanzigkarätige Nymphomanin und zwei begabte Amateure. Und du?«

»Nicht schlecht«, sagte Camilla ebenfalls bescheiden. Und dann kicherte sie plötzlich. »Der *Chargé d'affaires* von Tierra del Fuego.«

»Unser Nachbar?«

»Der nämliche.«

Gabriel grinste. »Meine Nymphomanin allein sticht deinen *Chargé d'affaires* aus.«

»Plus«, sagte Camilla, »der Schwedische Militärattaché plus der Spanische Kulturbeauftragte plus der Ägyptische Gesandte plus ein russischer Zweiter Sekretär. Wer sticht jetzt wen aus?«

Gabriel war verblüfft, erschreckt und voll Stolz. »Klasse!« sagte er. »Camilla, ich liebe dich. Komm ins Bett.«

Sie gähnte und mußte sich am Bettgestell festhalten. »Ich liebe dich auch, Darling – aber der Teufel soll mich holen, wenn ich dazu jetzt noch imstande bin. Der Geist ist willig, aber der Ägyptische Gesandte war unersättlich.«

»Komm ins Bett«, fuhr Gabriel fort, »dann sollst du ganze Ozeane von Tee trinken, und ich werde dich zärtlich umarmen.«

»Das würde mir gefallen«, murmelte Camilla. »Das würde mir wirklich gefallen.«

Und als sie dann im Bett lagen und Camilla den Tee schlürfte und Gabriel schützend den Arm um sie gelegt hielt und sie einander die Erlebnisse des Tages schilderten, war Gabriel überzeugt, daß dies der Inbegriff der Ehe war.

21

Dr. Slink saß kochend wegen der Schmach, die man ihrer Frauenehre angetan hatte, mit einem Eisstrahler in der Hand am Schreibtisch. Das Elektroschloß der Tür war versperrt. Sie hatte seit jenem unglückseligen, unerträglichen, undenkbaren Zusammenstoß auf dem Teppich keinen Kontakt mehr mit Dr. Perrywit gehabt. Sie wünschte auch niemals wieder einen Kontakt mit ihm zu haben – außer vielleicht, um bei der Verhandlung Zeugnis abzulegen. Daß ein solcher Mann – nein, eine solche Bestie – sie brutal niederschlagen und dann an ihrem armen, ungeschützten Körper seine wilden Lüste austoben durfte . . .

Dr. Slink schauderte bei der Erinnerung an das Schreckliche, den kräftigen Schlag auf den Kopf, die zerfetzten Kleider, die Schürfwunden, die sie davongetragen hatte. Sie schüttelte es, und ihr Busen begann zu wogen, als sie erneut die übermenschliche Kraft ihres gnadenlosen Schänders und das Gewicht seiner bösen Lust verspürte. Zum Glück hatte barmherzige Ohnmacht sie vor dem Schlimmsten bewahrt. Der Himmel allein wußte, wie oft er sie besessen hatte. Vielleicht hatte er sogar noch andere unsagbare Dinge getan . . .

Dr. Slink saß an ihrem Schreibtisch, ihr Busen wogte, und fremdartige Gefühle durchzogen jene Teile ihres Körpers, die sie ihre bescheidenen Zonen zu nennen pflegte. Sie erwartete Sir Joshua Quartz, der versprochen hatte, sie sofort nach seinem Gespräch mit dem Minister zu informieren. Sie saß da und wartete auf Gerechtigkeit, wartete auf Rache. Wartete darauf, daß jenes seltsame Prickeln, jener eigenartige Schmerz, jene Krämpfe sie losließen . . .

Vielleicht hatte diese Bestie sie nicht nur besessen, sondern auch noch *andere Dinge* getan. Vielleicht sollte sie sich von einem Arzt untersuchen lassen. Oder sogar *einigen* Ärzten. Natürlich, wenn diese Ärzte Männer waren, könnte das peinlich sein. Aber Männer waren stets bessere Ärzte als Frauen. Das wußte jeder. Sie waren viel objektiver und geschickter. Und selbst wenn es sich als notwendig erweisen sollte, sich vor ihnen völlig zu exponieren und sich ihrer Unterhaltung zu unterziehen, würde sie das doch um der

Sache der Gerechtigkeit willen erdulden, um der Sache ihres Landes willen – in der Hoffnung, daß diese seltsame Reizung, dieses Prickeln, das sie immer noch empfand, aufhörte.

Es klopfte an der Tür. Dr. Slink griff nervös nach dem Eisstrahler.

»Wer ist da?«

»Quartz.«

»Entschuldigen Sie, Sir Joshua. Sind Sie allein?«

»Ganz allein.«

Dr. Slink öffnete das Elektroschloß, und Sir Joshua betrat ihr Büro.

»Haben Sie mit dem Minister gesprochen, Sir?«

»Ja.«

Sir Joshua war abrupt. Seine Stimme klang hart. Er hatte sich immer noch nicht ganz von seinem Gespräch mit The Right Honourable Theodore Flower erholt.

»Sie haben ihm die Fakten alle dargelegt, Sir?« Dr. Slink fing an, von Sir Joshuas Verhalten etwas beunruhigt zu sein. Normalerweise war er ganz freundlich. Aber es gab natürlich eine Erklärung. Er mußte ebenfalls unter dem Einfluß des Schocks stehen. Daß in MikroKrieg so was Bestialisches geschehen konnte!

»Ich habe Ihren Bericht des – äh – Zwischenfalls an ihn weitergegeben. Und ich habe ihm auch die Version vorgetragen, die – äh – Dr. Perrywit geliefert hat.«

Sir Joshua schien verstört. Dr. Slink tat er leid. Der arme Sir Joshua! Wie peinlich ihm das sein mußte. Dr. Slink fand, daß es ihre Pflicht war, ihn zu beruhigen.

»Sie brauchen meine Gefühle nicht zu schonen, Sir Joshua«, sagte sie tapfer. »Ich bin zwar nur eine Frau, besitze aber durchaus innere Widerstandskräfte. Bitte, das braucht Ihnen nicht peinlich zu sein. Ich versichere Ihnen, Sie können ganz offen über diese schreckliche Tragödie zu mir sprechen.«

»Also gut, Dr. Slink.« Sir Joshua strich sich über die Nase, räusperte sich und starrte zum Fenster hinaus. »Der Minister und ich haben die ganze Situation sehr sorgfältig überdacht. Dr. Perrywits Bericht stimmt nicht mit dem Ihren überein. Der Ihre stimmt nicht mit dem von Dr. Perrywit überein. Keiner von beiden liefert eine befriedigende Erklärung von dem, was geschehen ist. Deshalb haben der Minister und ich – eingedenk der Interessen von Mikro-Krieg – aus den wenigen zur Verfügung stehenden Beweisen unsere Schlüsse gezogen.«

Er räusperte sich erneut und sah sie durchdringend an. Dr. Slink stand völlig reglos da und erwiderte seinen Blick. Ihr Gesicht war weiß; sie wirkte wie ein vom Blick der Schlange hypnotisiertes Kaninchen.

»Nach unserer wohlüberlegten Ansicht«, fuhr Sir Joshua fort, »war in erster Linie Ihr provozierendes Verhalten – das, wie ich hinzufügen darf, uns in der Abteilung schon einige Zeit Sorgen bereitet hat – in hohem Maße für die Ereignisse verantwortlich, die stattgefunden haben. Ich habe daher die schmerzliche Pflicht, Dr. Slink, Sie aus den Diensten der Abteilung für Mikrobiologische Kriegführung zu entlassen – mit sofortiger Wirkung. Ich brauche Sie wohl kaum daran zu erinnern, daß der Erlaß über Dienstgeheimnisse auf *alles* Anwendung findet, das sich während ihrer Tätigkeit in unseren Diensten ereignet hat. Demzufolge muß ich Sie auffordern, dieses Büro binnen einer Stunde zu räumen. Guten Tag.«

Auf Sir Joshuas Stirn standen Schweißtropfen, als er sich zur Tür wandte und eilig den Raum verließ, ehe die Frau zusammenbrechen konnte. Er hätte sich nicht beeilen zu brauchen. Dr. Slink fuhr fort, beinahe katatonisch dazustehen, ohne jeglichen Ausdruck im Gesicht, wie ein hypnotisiertes Kaninchen.

Dr. Perrywit saß in seinem Büro und kritzelte hingebungsvoll eine Reihe weiblicher Torsos, welche die betreffende Seite seines Notizbuches wie den vielversprechenden Entwurf eines Tapetenmusters für ein Klub-Badezimmer erscheinen ließen. Er hielt weder einen Eisstrahler bereit noch hatte er das Elektroschloß seiner Tür betätigt. Unterlassungen, wie er später erkennen sollte, die sehr bedauerlich waren.

Er war stark versucht gewesen, seinen Frieden mit Dr. Slink zu machen, aber die Diskretion hatte die Oberhand über diese Versuchung behalten. Die Frau war ganz offensichtlich aus dem Gleichgewicht geraten, und obwohl Dr. Perrywit wegen der Behandlung, die er ihr hatte angedeihen lassen, erschüttert war, glaubte er doch nicht, daß die Schuld voll und ganz bei ihm lag. Vor allem hätte sie ihn nicht mit diesen köstlich wogenden Fleischbergen provozieren dürfen; zweitens hätte sie nicht so dumm sein und auf den Rücken fallen dürfen; und drittens hätte sie diese unsinnigen Anklagen erst gar nicht vorbringen dürfen.

Nichtsdestoweniger war er erleichtert, daß sie ihn der mehrfachen Vergewaltigung bezichtigte. Das war immerhin besser, als wenn sie behauptet hätte, sein Versuch wäre gescheitert. Trotz des unvermeidbar hohen Preises mußte man ja immer noch an sein Image und seine Selbstachtung denken.

Aber im Augenblick beschäftigten Dr. Perrywit wichtigere Dinge als das jüngste Fiasko mit Dr. Slink. Da galt es, zum Beispiel, zu bedenken, wie man die Aktivitäten von MikroKrieg in der Sache des Friedens schützen konnte. Dr. Perrywit war einigermaßen stolz, daß er den Mut und die Integrität aufgebracht hatte, Sir Joshua alles zu sagen, was er von der Greylaw-Angelegenheit wußte. Vielleicht würde seine Ehrlichkeit – selbst auf Kosten seiner Karriere – mitberücksichtigt werden, wenn diese Slink-Geschichte erledigt wurde. Vielleicht würde es ihm sogar möglich sein, in MikroKrieg zu bleiben, falls er irgendeinen wichtigen Beitrag zur Wiederbeschaffung der gestohlenen Beweise für Professor Greylaws Erfolge in seinem Projekt leisten konnte. Mit einem niedrigeren Rang natürlich.

Sir Joshua hatte versprochen, Dr. Perrywit rufen zu lassen, sobald der Leiter von MikroKrieg den Minister gesprochen hatte. Dr. Perrywit wartete jetzt besorgt auf die Einladung zu diesem Gespräch. Abgesehen von seiner ganz natürlichen Sorge um sein eigenes Schicksal, wollte er Sir Joshua eine wichtige Information liefern, die er auf der Witzseite der heutigen Zeitung gefunden hatte. Es hieß dort, daß ein Tiger in North Yorkshire von einem Spaniel getötet worden war. Ganz offensichtlich handelte es sich dabei um eines der verschwundenen Tiere, das irgendwie seinen Entführern entkommen sein mußte. Ganz offensichtlich mußte sich deren augenblickliches Versteck in der Nähe befinden. Wenn die Sicherheitsabteilung daher North Yorkshire gründlich absuchte ...

Es klopfte an der Tür, und Sir Joshua Quartz betrat den Raum. Drei weißgekleidete Männer folgten ihm – Ärzte, ohne Zweifel. Dr. Perrywit war verwirrt. Sir Joshua sagte nichts, sondern hielt sich stumm im Hintergrund. Die Ärzte gingen auf Perrywits Schreibtisch zu.

»Sind Sie Dr. Peregrine Perrywit?« fragte einer.

»Ja.«

»Sind Sie ganz sicher?«

»Sicher bin ich Dr. Peregrine Perrywit.« Er sah den Leiter von MikroKrieg hilflos an. »Sir Joshua wird Ihnen bestätigen, daß ich das bin. Was hat das zu bedeuten?«

Der Arzt gab keine Antwort. Er holte einen großen Bogen Papier heraus und wandte sich seinen Kollegen zu. »Wir haben ihn jetzt untersucht. Stimmen wir bezüglich des Ergebnisses überein, meine Herren?«

»Ja, ohne Zweifel«, antwortete der zweite Arzt.

»Einhellig«, nickte der dritte.

Der erste suchte in seinen Taschen herum. »Verdammt! Hat jemand einen Kugelschreiber?«

»Gestatten Sie«, sagte Dr. Perrywit und bot den seinen an.

»Danke.«

Einer nach dem anderen unterschrieben die Ärzte das Papier. Dr. Perrywit sah Sir Joshua an. Sir Joshua strich sich über die Nase und starrte zum Fenster hinaus.

Dann begann der erste Arzt das Papier mit lauter Stimme zu verlesen:

»Von Charles, Verteidiger von Kathoprot, Gouverneur von NaTel und souveräner Lehensherr dieses Reiches, an Peregrine Perrywit, Bürger – sei mir gegrüßt. Wohingegen man es zu unserer Kenntnis gebracht hat, daß du, Peregrine Perrywit, eine Person bist, die zuletzt mit höchst geheimer und vertraulicher Arbeit betraut in einem Etablissement, das von unserer loyalen Regierung sanktioniert und autorisiert war, tätig warst; und wohingegen man ferner zu unserer Kenntnis gebracht hat, daß du dich in letzter Zeit in einer Art und Weise verhalten hast, die auf verringerte Zurechnungsfähigkeit deutet; und wohingegen besagte verringerte Zurechnungsfähigkeit eine Bedrohung des Friedens des Königs und des Wohlergehens unserer Bürger darstellt; und wohingegen wir dieserhalb drei qualifizierte Fachleute der Medizin und der Psychiatrie aufgefordert haben, deinen geistigen Zustand zu untersuchen; und wohingegen besagte medizinische und psychiatrische Fachleute ihre Unterschriften unter dieses Dokument gesetzt haben und damit bestätigen, daß dein Geist gestört ist, weisen wir dich hiermit an und befehlen dir, dich friedlich in ein geschlossenes Haus zu begeben und dort solange zu bleiben, wie es unser königlicher Wunsch bestimmt. Dieser Befehl ist unter der Leitung von Theodore Flower, Minister der Krone und unser getreuer Diener, auszuführen, dessen Unterschrift hiermit diesem Dokument zugefügt wird. Gott schütze den König. Charles Rex.«

Dr. Perrywit war einen Augenblick lang wie versteinert. Dann öffnete und schloß sich sein Mund einige Male konvulsivisch. Ein gurgelnder Laut entrang sich ihm.

Der Arzt faltete das Papier zusammen und schob es sich in die Tasche. »Das wär's, Mann. Jetzt wissen Sie, daß Sie weggetreten sind.«

»Aber – aber – aber ...«, fand Dr. Perrywit schließlich seine Stimme. Er sah Sir Joshua an. Sir Joshua fuhr fort zum Fenster hinauszusehen, als bemerke er Dr. Perrywits Anwesenheit überhaupt nicht.

»Kein Aber, Mann«, sagte einer der Ärzte. »In der Anweisung stand ›friedlich‹. Kommen Sie friedlich mit, oder müssen wir zupacken?«

»Aber Sir Joshua, Sir Joshua, Sir Joshua!« kreischte Dr. Perrywit. »Ich habe Ihnen etwas Wichtiges mitzuteilen. Einer meiner Tiger ist von einem Spaniel getötet worden!«

In diesem Augenblick gab einer der Ärzte einen gezielten Schuß mit seinem Eisstrahler ab. Dr. Perrywit erstarrte. Jetzt sah Sir Joshua ihn zum erstenmal an.

»Traurig«, meinte der erste Arzt. »Traurig, wie sie immer in Stücke gehen.«

»Traurig«, pflichtete Sir Joshua Quartz ihm bei und musterte den erstarrten Dr. Perrywit. »Sehr traurig.«

22

Peter Karamasow saß in der Abflughalle des Flughafens von Genf, nippte gedankenverloren an seinem sechsten großen japanischen Whisky und sinnierte über den von ihm neu entdeckten und auf erschreckende Weise schönen Begriff der Perfekten Universalen Liebe nach. Er hatte Dr. Moreau bereits bezahlt und hatte inzwischen sein Konto in der Schweiz aufgelöst. Sein Gepäck stand neben dem Sessel, auf dem er saß. Es enthielt vier Millionen Schweizer Franken in großen Scheinen sowie eine Zahnbürste.

Auch Dennis Progg und die A-Mannschaft von ›Dies Ist Ihre Welt‹ hielt sich in der Abflughalle des Genfer Flughafens auf. Sie standen an der Bar und gaben sich redliche Mühe, deren Bestände an Champagner und Bier zu dezimieren. Sie hatten einen Massen-Selbstmord beim Internationalen Haustierkongreß gefilmt, wo siebzehn ihrer Lieblinge beraubte Kongreßteilnehmer ihre Organe verkauft hatten, um geriatrische Forschung an Hunden und Katzen zu finanzieren. Die Crew wartete jetzt auf den Sonder-Jet von NaTel, der sie nach London zurückbringen sollte.

Peter bestellte sich den siebten Whisky und sah sich in der Abflughalle um. Er war sehr bedrückter Stimmung. All diese Leute, die von Nirgendwo nach Nirgendwo reisten, aus der Dunkelheit in eine andere Dunkelheit. Ihre Augen wirkten leer. Sie begriffen noch nicht, daß spirituelle Erfüllung das Größte und Einfachste auf der ganzen Welt war. Alles, was dazu gehörte, war nur, daß man einen jeden liebte, Bruder aller Männer war – und natürlich aller Frauen. Aber diese Leute, die beständig in die Abflughalle kamen und sie wieder verließen, wußten davon nichts. Sie wußten nicht, daß Liebe Leben war und Leben Liebe. Sie wußten nicht, daß dies alles war, was sie wissen mußten.

Das Bedauerliche ist nur, dachte Peter, und leerte sein Whiskyglas und ließ es sich geistesabwesend wieder füllen, daß die Welt zu materialistisch ist. Die Leute bewerten die falschen Dinge – Wohlstand, Rang, Besitztümer, Macht. Genauso wie ich es getan habe, ehe Iljitsch gestorben ist, um damit mir, seinem Bruder, die Augen zu öffnen ...

Dennis Progg war der ernst blickende Herr aufgefallen, der ganz allein für sich saß und brütete und in gleichgültig berufsmäßiger Art Whisky trank. Dennis Progg, der selbst einen Liter Champagner und etwa ebenso viel Guiness intus hatte, wußte um die Existenz eines sechsten Sinnes bei ihm. Dies war nicht das erste Mal, daß dieser sechste Sinn funktioniert hatte – ihm war es schließlich auch zuzuschreiben, daß er, Dennis, in NaTel zu einiger Bedeutung aufgestiegen war. Zum Beispiel als König Charles Mao Tse-Tung den Dritten inkognito in Chou'n Raymond's Flip 'n' Strip bewirtet hatte. Dennis Progg hatte die Spannung gespürt, ohne zu wissen, daß der König auf chinesischem Essen bestand, während Vorsitzender Mao auf Steak und Pommes frites bestand. Seine Handkamera war bereit, als der König inkognito schließlich seinen Gast mit süßer und saurer Soße übergoß. Neunzehn Länder kauften die Videorechte von NaTel, und das Originalband wurde schließlich im Britischen Museum deponiert. Und dann war da die Episode, als man den russischen Wettkämpferinnen bei der Olympiade von Stockholm InSex in den Zitronentee getan hatte. Und . . . Dennis Progg sah Peter Karamasow an, und sein sechster Sinn warnte ihn, daß gleich etwas geschehen würde.

Kamera Eins hatte eine Handkamera mit zur Bar genommen. Ein tüchtiger Mann, Kamera Eins. Ein Profi vom Kopf bis zu den Zehen. Dennis Progg stieß ihn an. »Aufpassen, Oberon«, flüsterte er. »Ich hab' das Gefühl, daß wir dich gleich brauchen.«

Peter Karamasow war sich nicht bewußt, einen sechsten Sinn zu besitzen, fühlte aber, daß er im Begriff war, eine Entscheidung zu treffen. Eine Entscheidung für die Liebe. All diese Leute, all diese leeren, hastigen Leute, die ganz in ihre Welt aus Habgier und Lust verstrickt waren, brauchten ein Beispiel. Dann würden sie sehen, daß die Perfekte Universale Liebe die Antwort auf alle Übel der Welt war.

Peter leerte seinen neunten Whisky, nahm einen seiner Koffer, öffnete ihn und stieg etwas schwankend auf seinen Stuhl.

»Fünf Sekunden bis zum Start, Zeit läuft«, flüsterte Dennis Progg. »Oberon, du bist dran.«

Zum Glück war Oberon noch nüchtern genug, um die Handkamera zu bedienen.

Peter Karamasow sah sich unter der Menge um, welcher die Erleuchtung zu bringen er im Begriffe war. Ein oder zwei sahen ihn leicht angewidert an. Die meisten waren sich ihrer neuen Bestimmung noch nicht bewußt.

»Fremde«, sagte Peter mit überraschend kräftiger Stimme, »Genossen, Freunde, Brüder, Schwestern, Kinder. Ich spreche aus meinem Herzen zu euch. Ich meine, aus dem Herzen meines Bruders. Wir sind alle eine Familie. Wir müssen einander lieben oder sterben. Wir müssen einander geben, so wie ich jetzt euch alles gebe, was ich besitze. Ich will nur lieben und geliebt werden, das ist alles, was ich brauche, um zu leben.«

Inzwischen hatten sich ihm sämtliche Gesichter in der Abflughalle zugewandt, und drei Flughafenbedienstete strebten auf ihn zu, um ihn schnell zu entfernen. Jetzt griff Peter in seine Tasche und warf eine Handvoll Tausend-Franken-Banknoten in die Luft. Die Flughafenbediensteten blieben wie angewurzelt stehen, als es anfing, Geld zu regnen.

»Papier!« schrie Peter. »Es ist nur Papier. Ich brauche es nicht. Ich brauche Papier nur zu einem Zweck – aber dazu hat dieses hier zu wenig Saugkraft. Der Mensch lebt nicht von Devisen allein. Ich brauche es nicht. Wenn ihr glaubt, daß es euch Glück bringt, dann nehmt es und freut euch daran. Ich brauche nur zu lieben und geliebt zu werden.« Wieder warf er eine Handvoll Banknoten in die Luft und dann noch eine.

Die Abflughalle wurde ein Schauplatz des Chaos, Stühle und Tische wurden umgestürzt, Gläser und Flaschen zerschmettert, während die Leute um sich schlugen, um möglichst viel von dem Geldregen abzubekommen. Oberon begann schwach zu werden und war im Begriff, die Handkamera im Stich zu lassen, aber Dennis Progg war aus kräftigerem Material gemacht. »Laß die Kamera laufen, Junge«, zischte er, »sonst schneide ich dir die Eier ab und lege sie in Essig und Öl.«

In der Abflughalle waren jetzt einige wilde Prügeleien im Gange, während die Leute um das Manna mit dem Aufdruck der Banque de Suisse kämpften. Aber wie durch ein Wunder schwebte Peter Karamasow über dem Sturm. Tränen rannen ihm über die Wangen. Er begann zu argwöhnen, daß seine Geste vielleicht nicht die Wirkung zeitigen würde, die ihm vorgeschwebt hatte. Nichtsdestoweniger und trotz des prompten Eintreffens der Flughafenpolizei fuhr er mutig fort.

»Brüder, Schwestern«, flehte er und verstreute weitere Reichtümer, »wenn dieses Papier euch so viel bedeutet, dann nehmt es – nehmt es alles. Aber Brüder, Schwestern, fügt einander kein Leid zu. Denn wenn ihr das tut, fügt ihr auch mir ein Leid zu. Ich will nur eure Liebe im Austausch für die meine. Das Papier ist eine Last, von der ich mich gern trenne.«

Seltsamerweise hatten einige Leute aufgehört, um Banknoten zu kämpfen. Sie richteten sich auf und lauschten. Die Flughafenpolizei hatte die Abflughalle umringt, so daß niemand sie verlassen konnte.

Peter nahm seine zweite Aktentasche und begann auch die zu leeren. »Ich bin glücklich«, schluchzte er. »Ich bin glücklich, das zu verlieren, was mich gefangengenommen hätte. Ich werde glücklich sein, wenn es euch glücklich macht. Dann werden wir alle glücklich sein. Aber wenn es euch traurig macht, werde ich untröstlich sein.« Jetzt war sein Geldvorrat zu Ende, und eigenartigerweise hob niemand mehr die Scheine auf. Alle starrten ihn an.

Und dann kam ihm eine Inspiration. »Ich will euch alles geben, was ich besitze. Selbst meine Kleider.« Er begann Mantel und Jacke auszuziehen. Er ließ sie fallen. Niemand rührte sie an. In dem Abflugsaal herrschte seltsame Stille. Eine Frau bekreuzigte sich zweimal und fing dann zu weinen an. Ein Mann, mit einem blauen Auge, sagte gebrochen: »Monseigneur, Sie erweisen uns zuviel Ehre.« Ein kleines Mädchen ließ ihren hochhackigen Schuh und die Handvoll Banknoten fallen, hob Peters Jacke auf und versuchte, sie ihm über die Schultern zu legen. Er tätschelte ihr den Kopf. Sie küßte seine Hand.

»Aber das einzig Wichtige, das ich euch zu geben habe, ist die perfekte Liebe«, fuhr Peter fort. »Brüder, Schwestern, gebt sie auch mir, und gebt sie einander. Auf die Weise werden wir die perfekte Harmonie finden und selbst perfekt werden.«

Die Flughafenpolizei, die das Geschehene noch nicht ganz verarbeitet hatte, war immerhin genügend aufgewacht, um anzufangen, das Geld einzusammeln. Leute mit glasigem Blick gaben freiwillig alles wieder her, was sie gefunden hatten. Peter Karamasow hatte vier Millionen Schweizer Franken verteilt. Später stellte sich heraus, daß die Flughafenpolizei vier Millionen dreihundertzweiunddreißigtausendfünfhundert Schweizer Franken, dreiunddreißigtausend Französische Franc, zwölftausend D-Mark, dreitausendunddreißig schwedische Kronen, eintausendachthundert Pfund, siebenhundert Peseten und elf Rubel eingesammelt hatte.

Und das war das erste Wunder.

Inzwischen wurde Peter von seiner Inspiration weitergetrieben. »Einst hatte ich einen Bruder, den ich liebte«, rief er, »einen Bruder, dem ich nicht ganz vertraute und deshalb nicht wahrhaft liebte. Mein Mißtrauen tötete ihn, aber selbst im Tode waren wir nicht getrennt. Er gab mir ein Herz, ein Auge, eine Niere, zwei Meter Darm, etwas Haut, drei Finger und einen Fuß sowie einen Knöchel. Und jetzt sind wir eins. In seinem Namen bringe ich euch die Botschaft der Perfekten Universalen Liebe.«

Tiefes Schweigen herrschte. Das war der psychologisch richtige Augenblick. Dennis Progg gab Oberon das Zeichen zur Nahaufnahme. Dann trat er vor.

»Wer sind Sie?« fragte er.

Peter Karamasow lächelte strahlend. »Ich bin der Menschensohn.«

Dennis Progg war verblüfft. »Ich meine, Sir, wer sind Sie wirklich – in der wirklichen Welt?«

Ein Blick heiligmäßiger Geduld wurde ihm zuteil. »In dieser Welt, mein Sohn, bin ich dein Bruder. Aber früher einmal, in einer Welt des Alptraums, war ich Peter Karamasow, ein Geschöpf ohne Ehre, das sein Diplom für Kreative Gehirnwäsche fälschte und einer der führenden zehn Geheimagenten des amerikanischen Komitees für Internationale Verständigung wurde. Ein Mann, der es sich insgeheim zur Aufgabe machte, eines der größten militärischen Geheimnisse aller Zeiten aus Großbritannien zu stehlen und dabei den Tod seines eigenen Bruders herbeiführte. Aber jetzt, und das ist viel wichtiger, bin ich *dein* Bruder. Hat diese andere nutzlose Information für dich einen Wert, Bruder?«

»Ohne Zweifel hat sie den«, sagte Dennis Progg, »Bruder.«

Binnen zwei Stunden wurden Peter Karamasows weltbewegende Enthüllungen in der Abflughalle des Genfer Flughafens von sieben Millionen Menschen am Fernsehschirm gesehen.

Binnen zwei Stunden und zehn Minuten zeigten sich die ersten Folgen.

Washington dementierte, daß er Geheimagent sei.

London dementierte, daß er militärische Geheimnisse gestohlen hätte.

Und der Vatikan dementierte, daß er der Menschensohn sei.

23

Da Camilla bereits einen Nachbarn für den großen P 939-Kreuzzug rekrutriert hatte, schien es Gabriel nicht mehr und nicht weniger als ein Gebot der Symmetrie, auch den anderen zu rekrutieren. So fand er sich mit einer InSex-Tablette in der Tasche und der festen Entschlossenheit, sie, wenn nötig, auch einzusetzen, vor Dr. Slinks Tür ein und drückte den Summer.

Als die Tür sich öffnete, wußte er sofort, daß das InSex unerläßlich sein würde. Dr. Slink, wenn auch großzügig proportioniert und in ihrem grünen, abgesteppten Katzenanzug durchaus sexy wirkend, weinte nämlich. Sie sah so aus, als hätte sie schon seit Anbeginn der Welt geweint. Sie sah auch aus, als hätte sie die Absicht, bis zum Ende der Welt mit Weinen fortzufahren. Gabriel tat sie leid. Nervös die InSex-Tablette befingernd, fragte er sich, ob die von ihm geplante Operation ihr Weinen beschleunigen oder sie aufmuntern würde. Vielleicht war es besser, wenn er zu einem anderen Zeitpunkt zurückkehrte. Nächstes Jahr vielleicht.

»Tut mir schrecklich leid, wenn ich störe«, begann er. »Ich glaube, ich bin in einem ungünstigen Augenblick gekommen. Vielleicht sollte ich –«

»Bitte«, sagte Dr. Slink, »verzeihen Sie mir. Bitte kommen Sie herein. Ich hatte schon vor, Sie und Ihre liebe Frau zum Tee einzuladen. Aber – aber –« Sie schloß die Tür hinter Gabriel und begann wieder zu weinen.

Gabriel fühlte sich alles andere als wohl. »Kann ich irgend etwas tun, um Ihnen zu helfen?«

»Nein«, schniefte sie. »Sehr freundlich von Ihnen, aber nein.« Und dann fügte sie dramatisch hinzu: »Niemand kann etwas tun, um mir zu helfen. Man hat mich geopfert – meinen Ruf und meine Karriere hat man geopfert – auf dem Altar der hohen Politik. Aber genug von meinen Problemen. Jeder muß sein Kreuz tragen. Was kann ich für Sie tun?«

»Nun, eigentlich bin ich nur gekommen, um etwas Kaffee auszuborgen.«

»Mein lieber Freund«, sagte Dr. Slink und lächelte tapfer, »natürlich sollen Sie Ihren Kaffee bekommen. Aber zuerst müssen Sie mich von meinen Sorgen ablenken, indem Sie schnell eine Tasse mit mir trinken. Oh, ich habe vergessen! Wie schrecklich!« Ihr tapferes Lächeln zerbrach. »Ihre liebe Frau habe ich völlig vergessen. Meinen Sie –«

»Meine Frau ist nicht zu Hause«, sagte Gabriel schnell. Er grinste. »Wahrscheinlich ist sie Kaffee kaufen gegangen.«

Das schien Dr. Slink etwas aufzuheitern. Sie begab sich in ihre winzige Küche und kam kurz darauf mit einem silbernen Tablett zurück, auf dem zwei Porzellantassen mit Untertassen, ein Sahnekännchen, eine Schale mit braunem Zucker, ein Topf voll Kaffee und ein Teller mit Verdauungsbiskuits lagen. Während ihrer Abwesenheit hatte Gabriel finster die Fragonard-Reproduktion über dem Kaminsims gemustert. Als Dr. Slink zurückkehrte, hellte sich seine Miene auf und wurde bewundernd.

»Blindman's Buff«, sagte er. »Eine reizende Komposition. So romantisch.« Er seufzte. »Heute malt keiner mehr so, nicht wahr?«

»Es freut mich sehr, daß es Ihnen gefällt.« Dr. Slink stellte das Tablett ab und sah die winzigen Spielzeugfiguren in ihrer üppigen, unmöglichen Landschaft an. »Wissen Sie«, gestand sie, »wenn ich vor diesem Bild stehe und es ansehe, kann ich manchmal in weiter, weiter Ferne die göttliche Musik von Strauß hören.«

»Und doch«, sagte Gabriel und ließ unauffällig die InSex-Tablette in eine Tasse fallen, »unterliegt dieser Romantik eine elementare Leidenschaft ... Gestatten Sie, daß ich einschenke. Das ist das mindeste, was ich tun kann.«

Ehe Dr. Slink widersprechen konnte, hatte er ihr eine dampfende Tasse voll schwarzen Kaffees gereicht.

»Zucker? Sahne?«

»Nur Zucker«, sagte Dr. Slink. »Wirklich, ich sollte Ihnen eigentlich böse sein, daß Sie mich meiner Pflichten als Gastgeberin entheben. Aber es ist so nett, jemanden zu haben, der einen umsorgt.«

Wie durch ein Wunder war Dr. Slinks Gesicht jetzt trocken. Sie fing an, an ihrem Kaffee zu nippen. Gabriel war erleichtert, daß er nur etwa drei Minuten über Fragonard würde sprechen müssen.

»Der arme Kerl«, sagte Gabriel. »Er hat praktisch sein ganzes Leben damit verbracht, kleine Welten der Unschuld zu malen. Dann kam die Französische Revolution, und der Markt brach zusammen. Wissen Sie, daß er fast vergessen in Paris gestorben ist?«

Dr. Slink war entzückt. »Sie wissen sehr viel. Wie erfrischend! Die Leute scheinen sich heute nicht mehr so sehr für schöne Dinge zu interessieren.«

»Sein Meisterstück war *Die Schaukel*«, fuhr Gabriel fort, »aber *Nymphen im Bade* hat natürlich auch einen großen Zauber.« Er sah Dr. Slink hoffnungsvoll an. Begannen ihre Augen schon glasig zu werden?

»Finden Sie nicht, daß der Kaffee etwas bitter schmeckt?« fragte sie etwas benommen.

»Nein. Er schmeckt ausgezeichnet ... Man kann natürlich den Einfluß von Tiepolo entdecken, besonders in seinen frühen Werken.«

»Oh«, sagte Dr. Slink, und ihr Atem ging jetzt schwer. »Oh, du meine Güte. Es – es ist ziemlich warm, nicht wahr? Ich ... ich ... ich empfinde – wie seltsam – ich habe das eigenartige Bedürfnis, meine Kleider abzulegen.« Sie zitterte, ihr Busen wogte, und ihre Beine fühlten sich an, als wollten sie jeden Augenblick zu Wasser werden. Zu heißem Wasser.

Gabriel registrierte die Symptome befriedigt. »Bitte, lassen Sie sich durch mich nicht stören«, sagte er glattzüngig. »Fragonard ist sehr unterschätzt worden. Er war in vieler Hinsicht ein ausgezeichneter Reporter des Sichtbaren.«

Mit zitternden Fingern öffnete Dr. Slink den Reißverschluß ihres Katzenanzugs und ließ ihn sich um die Knöchel fallen. Es schien ihr völlig gleichgültig, ob Fragonard ein ausgezeichneter Reporter des Sichtbaren gewesen war. Sie sah Gabriel an, als hätte sie ihn nie zuvor gesehen.

»Sie sind mein Apollo«, stöhnte sie. »Sie sind Pan. Sie sind Priapus. Sie sind der lebende Adonis. Nimm mich, mein Schöner, mein Grausamer, mein Wollüstiger. Nimm mich! Schlag mich, tu mir weh, schände mich, vernichte mich!«

Sie warf sich wie ein Geschoß auf Gabriel und umklammerte ihn in einer Umarmung, die ihm den Atem zu rauben drohte. Sie fielen zu Boden. Sie rollten auf dem Boden. Sie riß an seinen Kleidern und überschüttete ihn mit Küssen.

Gabriel wurde von ihr fast erstickt. Das InSex war in ihr wie Dynamit explodiert. Sie war wie ein Rausch erotischer Bewegungen. Er mußte sie tatsächlich schlagen, kräftig schlagen, zweimal, ehe sie still lag. Dann umwölkten sich ihre Augen, ihr Mund öffnete sich, und ihr Gesicht überzog sich mit einem Ausdruck leerer Hingabe. Sie begann wollüstig zu seufzen und zu stöhnen.

Gabriel leistete Heroisches. Und ein zweites Mal. Und dann noch einmal.

Und wie Dr. Slink unter ihm lag und sich ekstatisch einem fünften oder sechsten Orgasmus entgegenwand, das Gesicht mit Schweiß bedeckt, den Körper mit allem Schmerz der Begierde erfüllt, hatte sie eine kurze Offenbarung.

»Oh, du meine Güte«, keuchte sie. »Oh, du meine Güte. Sir Joshua hatte doch recht. Ich bin eine von Wollust erfüllte Frau ... Ein – ein Geschöpf von schrecklichen Begierden ... Oh, du meine Güte. Es ist schrecklich ... O Gott, es ist wunderbar.«

Dann stöhnte sie aus den tiefsten Abgründen ihres Wesens, und ihr ganzer Körper spannte sich. Nach einer schmerzhaft grandiosen Minute seufzte sie tief und entspannte sich. Sie schloß die Augen, und ein befriedigtes Lächeln breitete sich über ihr Gesicht. In diesem Augenblick waren all die Hemmungen vieler Jahre sich selbst verstärkender Jungfernschaft zerstört.

Gabriel sank hilflos neben ihr zu Boden, die Sinne schwanden ihm halb.

24

Die Zeit verstrich, und Camilla begann zuzunehmen – zuerst an den köstlichsten Stellen. Theoretisch hätte die Promiskuitätsphase des P 939-Zyklus in dem Maße abnehmen sollen, wie die Phase des zwanghaften Essens an Dominanz zunahm. Und die Eßphase hätte abnehmen sollen, sobald die dritte Phase, der Zustand der Hypersensitivität und Gelassenheit, eintrat. Diese separaten Phasen waren in Eustace Greylaws Versuchstieren einigermaßen gut definiert gewesen, ließen sich aber offenbar in menschlichen Wesen nicht so gut voneinander abgrenzen.

Gabriel hatte jetzt auch die dritte Phase erreicht, aber obwohl P 939 den aggressiven Instinkt hemmte, fuhren sowohl er als auch Camilla fort, in bescheidenem Maße sexuelle Abwechslung zu suchen und mehr Nahrung zu sich zu nehmen, als sie eigentlich brauchten.

Aber die dritte Phase brachte in ihrer Einstellung und ihrer Beziehung Veränderungen mit sich – teils subtile, teils auch einigermaßen überraschende. In ihrer Sexualität beispielsweise hatte die Aggression bisher eine wichtige, wenn nicht gar eine unerläßliche Rolle gespielt. Jetzt konnte Gabriel es nicht mehr ertragen, Camilla weh zu tun, sie schlecht zu behandeln oder auch nur ihr gegenüber eine dominierende Rolle zu spielen, obwohl der weibliche Körper – mit all der äonenalten Programmierung seiner Gewebe – förmlich danach rief, dem Vergnügen erträglichen Schmerzes und den köstlichen Unwürdigkeiten kontrollierter Qualen unterzogen zu werden.

Doch für sie war das Liebesspiel jetzt nicht mehr ein gewalttätiger Wettbewerb, ein primitiver Akt der Aggression, eine dämonische Mischung aus Sadismus und Süße. Jetzt war es nicht mehr als eine sanfte Anregung, ein vorsichtiges Liebkosen – fast ein Akt wechselseitiger Masturbation.

Gabriel fand das leicht enttäuschend. Beiden erging es so. Manchmal versuchte er die Auswirkungen von P 939 dadurch zu verringern, daß er genügend Whisky oder Wodka oder ein sonstiges geistiges Getränk zu sich nahm, um ihn vergessen zu machen, daß er dunklen Bedürfnissen nachging, indem er einer wirklichen lebenden Person dunkle, finstere Dinge zufügte. Aber dann war der sexuelle Akt für sie nicht sehr erfolgreich, einfach, weil das Bewußtsein der Liebe fehlte. Und außerdem brauchte Camilla nur leise zu stöhnen, oder ein schmerzhaftes Zusammenzucken durchdrang den alkoholischen Nebel, und schon brach Gabriel zusammen und fing zu weinen an.

In seiner Verzweiflung versuchte er sich abzulenken, indem er sich wieder der Buchskulptur zuwandte. Er suchte sein Studio auf, um einige der Materialien zu holen, die er beim letzten Besuch vergessen hatte. Messalina wohnte immer noch dort, aber die Dinge hatten sich geändert. Sehr geändert. Auch sie hatte inzwischen Phase drei erreicht.

Das Studio war rein und sauber. Die Kritzeleien an den Wänden waren verschwunden, und an ihrer Stelle hing jetzt ein großes Bild an der Wand, das jemanden zeigte, der sich Bruder Peter nannte und eine Mönchsrobe trug.

Messalina hatte sich bis zur fast völligen Unkenntlichkeit verändert. Sie trug ein einfaches Leinenkleid und wirkte eher wie eine Gestalt aus Hans Christian Andersens Märchen als wie eine Fünf-Sterne-Nymphomanin. Sie erklärte Gabriel, daß ihr und ihrer Welt wesentliche Dinge widerfahren seien.

Nach einer ausgedehnten Orgie, die dem Anschein nach etwa zehn Jahre gedauert hatte, in Wirklichkeit aber höchstens zwei oder drei Wochen, war sie so hungrig geworden, daß sie einige Tage damit verbracht hatte, sich einfach vollzustopfen. Sie hatte sich tatsächlich so übergessen, daß sie davon krank geworden war und eine Weile den bloßen Gedanken an sexuelle Aktivität nicht ertragen konnte. Und als sie sich dazu schließlich wieder imstande sah, schien all der Drang sie verlassen zu haben. Sie verlangte nicht mehr nach den unmöglichen Perversionen, sie wollte nur zu den Leuten nett sein, und das bedeutete, zu versuchen, ihnen das zu geben, was sie wirklich brauchten.

Außerdem hatte sie entdeckt, daß Bruder Peter sich am Flughafen von Genf produziert und dabei Wunder vollbracht hatte. Und gleichgültig, was Kathoprot dazu sagte – er war wahrhaftig der Menschensohn, weil er nur wollte, daß jeder jeden liebte. Und das entsprach genau Messalinas Empfindungen.

Heutzutage, so gestand sie ihm, schlief sie höchstens noch zehn- oder zwölfmal die Woche mit jemandem. Und dann nur für Geld.

Natürlich verbrauchte sie nur einen geringen Teil des Geldes für sich. Der größte Teil war für gute Taten und kreative Projekte unter den Teenies und den Proleten vorgesehen.

Gabriel hatte bereits von Bruder Peter gehört, wußte aber sehr wenig von ihm. Nur, daß alle alles dementiert hatten, und daß sich demzufolge und konsequenterweise auf dem Kontinent sehr schnell eine Bewegung der Perfekten Universalen Liebe entwikkelte.

Er hatte nicht das Herz, Messalina zu erklären, daß das, was ihr widerfahren war, mehr eine Folge von P 939 als der Offenbarungen von Bruder Peter war. Außerdem hätte sie ihm das wahrscheinlich nicht geglaubt.

So sammelte Gabriel betrübt einige seiner Werkzeuge und Materialien ein, die er für seine Buchskulpturen benötigte, und verließ das Studio. Aber sogar sein Versuch, sich wieder der Buchskulptur zuzuwenden, enttäuschte ihn. Die Kunst selbst war offenbar eine Art von Aggression. Gabriel war nicht mehr aggressiv genug, um phantasievolle Visionen und überraschende Formen aus den Werken von, beispielsweise, Lord Tennyson zu schaffen.

Die Zeit verstrich, und die selbstgemachten Spirochäten des verblichenen Lord Eustace Greylaw fuhren fort, ihre Saat der Nichtaggression noch schneller zu verbreiten, als Bruder Peters inzwischen groß gewordene Gemeinde die Botschaft der Perfekten Universalen Liebe verbreiten konnte. Die Perfekte Universale Liebe begann in Genf und breitete sich aus. P 939 begann in London und breitete sich aus. Nach einer Weile vermischten sich die venerische Krankheit und die sublime Philosophie, verstärkten einander und verwirrten dabei eine große Zahl erschreckter Leute.

Die große Schar der versammelten Zuschauer im Vanessa Redgrave Stadion war einen Augenblick lang stumm. Runde eins eines internationalen Schwergewichts-Ringer-Turniers sollte beginnen. Der erste Kampf war zwischen Dem Schrecklichen Doktor Massaker, einhundertdreißig Kilo, von London, und Krakatoa, einhundertneunzehn Kilo, von Indonesien angesetzt.

Der Kampf war natürlich gefixt, und Krakatoa sollte in Runde vier auf die Bretter gehen. Aber es gab Komplikationen. Obwohl er das nicht wußte, war Dr. Massaker ein Träger von P 939. Und er trat gerade in die dritte Phase des Zyklus ein.

Die Ringglocke erklang. Die beiden Riesen näherten sich einander, umkreisten sich. Krakatoa eröffnete das Geschehen mit einem Vorderarmschlag. Dr. Massaker blinzelte, tat aber nichts. Dann versuchte Krakatoa Massakers Interesse mit einem Kopfstoß zu erwecken. Sein Gegner grunzte und setzte sich hin. Sein Gesicht zeigte den Ausdruck unendlicher Geduld, in die sich Resignation mischte. Normalerweise wäre ihm in diesem Stadium der Schaum vor dem Mund gestanden.

Anschließend versuchte Krakatoa eine irische Peitsche, zwei Tritte und einen Fallschlag. Dr. Massaker reagierte immer noch nicht. Sein Ausdruck der Geduld war einem der völligen Verblüffung gewichen, so, als könnte er einfach nicht begreifen, warum Krakatoa so böse zu ihm war. Die Zuschauer begannen zu buhen. Aller mögliche Unrat wurde in den Ring geworfen.

Krakatoa versuchte es mit einem Schwitzkasten und flüsterte dabei dem anderen leise folgende Aufmunterung zu: »Hör zu, du Schwein, man hat mich nicht dafür bezahlt, daß ich die ganze Arbeit tue. Wenn du jetzt nicht auch etwas machst, trete ich dich ins Gesicht.«

Dr. Massaker zögerte immer noch. Krakatoa fällte ihn mit einem Handkantenschlag in den Nacken und trat ihm ins Gesicht. Dr. Massaker weinte und ließ sich bis sieben anzählen. Die Ringglocke ertönte.

Während der Pause zwischen den Runden warf eine weißhaarige alte Dame eine leere Whiskyflasche nach Dr. Massaker. Sie verfehlte ihr Ziel, und der Ringrichter mußte sich in ärztliche Behandlung begeben.

Die zweite Runde ähnelte der ersten. Nur, daß Dr. Massaker versehentlich Krakatoa zu Fall brachte, während er versuchte, sich zu verteidigen. Er war Krakatoa sofort beim Aufstehen behilflich, entschuldigte sich und steckte einen weiteren Vorderarmschlag ein. Unter den Zuschauern kam es zu tätlichen Auseinandersetzungen.

Drei fette Frauen schlugen einen jungen Mann bewußtlos (er befand sich ebenfalls in der dritten Phase), weil er lautstark Dr. Massaker unterstützte.

In der dritten Runde versuchte Krakatoa es mit einem Doppelnelson, zwei Rückenbrechern, einigen Peitschen und einer Bostonkrabbe. Dr. Massaker vergoß viele Tränen, nahm aber alles hin. Während dieser Runde und der darauffolgenden Pause mußten neunzehn Frauen, sieben Männer und fünf Teenies von Ärzten und Bütteln aus dem Stadion getragen werden.

In der vierten Runde versuchte es Krakatoa erneut mit einem Schwitzkasten und flüsterte seinem Gegner zu: »Schlag mich jetzt nieder, du Bastard, sonst breche ich dir drei Finger.«

Dr. Massaker schlug ihn nicht nieder. Krakatoa brach ihm drei Finger. Dr. Massaker heulte.

Schließlich versuchte Krakatoa es in seiner Verzweiflung mit einem Kopfstoß mit Anlaufen. Wenn das seinen Gegner nicht inspirierte, half gar nichts mehr. Zum Glück versuchte Dr. Massaker zumindest, sich zu schützen. Er duckte sich.

Krakatoa segelte über seinen Rücken hinweg, über den Ring hinaus und stürzte draußen drei Meter tief. Er holte sich dabei einen gebrochenen Arm, ein gebrochenes Schlüsselbein und eine schwere Gehirnerschütterung. Dr. Massaker wurde zum Sieger durch technischen K.o. erklärt.

Er saß im Ring und weinte und weinte. Acht Büttel mußten ins Krankenhaus eingewiesen werden, nachdem sie versucht hatten, ihn vor seinen früheren Bewunderern zu verteidigen.

Humphrey Bogart Jones war berufsmäßiger Sadist. Er hatte einige Jahre ausgezeichnet davon gelebt, eine Anzahl unglücklicher Frauen zu schlagen, zu erniedrigen und zu schänden – alles Frauen, deren gesellschaftliche Stellung sie daran hinderte, sich solche Vergnügungen in der normalen häuslichen Umgebung zu verschaffen.

Unglücklicherweise hatte Humphrey Bogart Jones eine Klientin, die mit P 939 infiziert war und daher ihre bakterielle Gnade während des Höhepunkts ihrer eigenen speziellen Phantasie weitergab, die damit anfing, daß sie mit Öl gesalbt und anschließend in Polyäthylen gewickelt und dann auf einem Tigerfell vergewaltigt wurde.

Als Humphrey von der dritten Phase erfaßt wurde, verlor er sämtliche Klientinnen, mit Ausnahme von dreien, die selbst latente Sadistinnen waren. Aber dann zogen auch diese sich die Krankheit zu. Kurz darauf waren Humphreys ersparte Mittel erschöpft, und er begann an Unterernährung zu leiden. Er versuchte Selbstmord zu begehen – was ihm aber mißlang, weil dieser Akt ein gewisses Maß an Aggression erforderte.

Eines Tages hatte er das Glück, das Gleichgewicht zu verlieren, als er auf seinem Balkongeländer saß und sich wegen all der ungezügelten Gewalt in der Welt schrecklich fühlte und gleichzeitig vor Hunger halb ohnmächtig war. Zum Glück lag seine Wohnung im fünfzehnten Stock.

Seine Exzellenz, Michael V. Strogov, Sonderbotschafter der Union Sozialistischer Sowjetrepubliken am Hofe von St. James, wurde nach Moskau zurückgerufen und anschließend ins Exil nach Sibirien geschickt, wo die brutale Behandlung, die ihm seitens zweier notorischer Wärterinnen widerfuhr, zu einer weiteren Verbreitung von P 939 führte.

Genosse Strogov verlor seinen Diplomatenstatus und wurde nach Rußland zurückgerufen, um sich dort einer Anklage wegen kurzzeitiger Geistesgestörtheit, Verbrechen gegen das russische Volk, Verschwörung gegen die Kommunistische Partei der Sowjetunion und der Agententätigkeit für die westlichen Imperialisten zu stellen.

Diese Anklagen gingen auf unautorisierte Aktivitäten in London zurück. Während seiner kurzen aber spektakulären Laufbahn als Sonderbotschafter hatte Genosse Strogov der Regierung Seiner Majestät einen eintausendjährigen Nicht-Angriffs-Pakt, sechs Unterseeboote mit Raketenrampen (da das nukleare Abschreckungspotential des Vereinigten Königreiches bedauerlich gering war) und den Chor der Roten Armee angeboten. Außerdem hatte er bei den Miß-Welt-Ausscheidungen seine Stimme der Miß China gegeben, einen Protestmarsch gegen die Indische Botschaft für die

Rehabilitierung der Heiligen Kuh angeführt und war schließlich weinend zusammengebrochen, als der höchst ehrenwerte Lord David Frost ihn im NaTel wegen der Ausstoßung zweier Gitarren spielender Drogensüchtiger aus der Sowjetischen Akademie der Wissenschaften interviewt hatte.

Dame Ariadne Cymbeline-Smith, eine hervorragende Schauspielerin, zog sich in unheilbare Schizophrenie zurück, als sie feststellte, daß sie nicht mehr länger imstande war, die Lady Macbeth, die Johanna von Orleans, die Lucrezia Borgia und die Jocaste in den Dramen William Shakespeares, George Bernhard Shaws, Edmond de Ritz' und Euripides' zu spielen. Was sie aber ganz besonders bedrückte, war das Wissen, daß Peter Pan – dessen Titelrolle ihr den Weg zum Weltruhm eröffnet hatte – in Wirklichkeit ein Drama der Gewalttätigkeit, des Rassismus und der infantilen Verderbtheit war.

Dame Ariadne zog sich freiwillig ins Heim für gestörte Schauspieler zurück, und bemerkte es kaum, wenn sie nach leichtem Schlafmittelgenuß gelegentlich männlichen Pflegern oder einem Arzt P 939 übertrug, wenn diese gutherzig versuchten, ihr bei der Wiederherstellung eines Kontaktes zur wirklichen Welt behilflich zu sein.

Viele Jahre lang war The Right Honourable Theodore Flower, O.B.E., M.P., Minister für Internationale Sicherheit und Rassenharmonie, und der einzige englische jüdische Neger im Kabinett, gewöhnt gewesen, seine schottische Frau von hoher Geburt zu zwingen, ihm den Hals zu massieren, den Rücken zu kratzen und seine Füße zu küssen, ehe sie zu Bett ging, um sich den sanften ehelichen Übungen zu unterziehen, die ihr angedeihen zu lassen ihm Freude bereitete.

Unglücklicherweise holte sich der Minister von InSichRass seine Dosis von einem kindlich kleinen Mädchen, das er in einer Strip-Kneipe in Soho kennengelernt hatte, während er den Vizepräsidenten der Vereinigten Staaten bewirtete. Am Ende hatte das Mädchen sie beide in ein bizarres kleines Appartement, voll von Papierskulpturen, geführt. Es war sehr lustig geworden, und jeder hatte sich bemüht, den anderen festzuhalten.

Zu guter Letzt setzte der Vizepräsident seine Good-Will-Tour um die Welt fort, nahm seine Ration P 939 mit und leistete damit seinen Anteil an der interkontinentalen Ausbreitung der Harmonie.

Der Minister von InSichRass blieb in London und entdeckte nach wenigen Wochen, daß er überhaupt keine Lust mehr hatte, irgend etwas mit seiner hochgeborenen schottischen Frau zu tun zu haben; er wurde schließlich deprimiert und bewarb sich um einen Platz in einem Altersheim.

Nachdem er sich aus der Politik zurückgezogen hatte, eröffnete er eine Suppenküche im Regent's Park für heimatlose Teenies und wurde eines späten Abends von einem Rudel Zehnjähriger, die zuviel Methylalkohol genossen hatten, auf schreckliche Weise in seiner eigenen Tomatensuppe ertränkt.

Sir James Fytte-Morris, Leibarzt des Königs, konnte sich nicht dazu überwinden, den nötigen Schnitt vorzunehmen, um die plötzliche und akute Peritonitis des Marquis von Middlehampton zu kurieren. Der Marquis starb, der König sagte zwei Tage sein Polo-Spiel ab, und Sir James Fytte-Morris, der sich, ohne daß man ihm daraus den geringsten Vorwurf machen konnte, P 939 von der Frau zugezogen hatte, der er siebenunddreißig Jahre lang treu gewesen war, starb an einer Herzattacke, als die British Medical Association ihn ausstieß.

Zeit verstrich. Und Professor Eustace Greylaw begann der Welt seinen posthumen Stempel aufzudrücken.

25

Onkel Dan war glücklich. Das Leben hatte sich ihm gewogen gezeigt. Selbst auf dieser verlassenen, von Winden zerzausten Hügelfläche in Yorkshire, war Onkel Dan, umwimmelt von Kamera-Mannschaften von NaTel, glücklich. Er war glücklich gewesen, seit er MikroKrieg verlassen und ›Schönheiten von Mutter Natur‹ war etwas Großes, und alles Ekstatische hatte hohe Sehbeteiligungen. ›Die lesbischen Hexen von Cornwall‹ hatten der Menschheit die Ekstase zurückgegeben, und jetzt sah es aus, als würden die ›Verrückten Kaninchen von Yorkshire‹ diese Serie fortsetzen.

Die ›Verrückten Kaninchen von Yorkshire‹ waren ein Rätsel. Niemand wußte, woher sie gekommen waren, oder was sie verursacht hatte. Natürlich gab es die üblichen Mutationstheorien, und irgendein Politiker hatte sogar behauptet, daß MikroKrieg eine Rasse von Killer-Kaninchen entwickelt hatte (für Sabotagetätigkeit in den Kollektivfarmen im Kommunistenland) und daß irgendwie eines dieser mutierten Kaninchen entkommen war. Aber selbst ohne das genauer zu überprüfen, wußte Onkel Dan, daß MikroKrieg zu so etwas nicht imstande war. So gut waren die nicht. Seltsam. Vielleicht hatten die kleinen Lieblinge sich an Karotten gütlich getan, die mit einem Pestizid getränkt waren, das unnatürliche Aggressionen erzeugte.

Was auch immer die Erklärung war, die Tatsache blieb, daß die ›Verrückten Kaninchen‹ eine Sensation waren. Sie hatten bereits einige Schafe, Hunde und Füchse getötet. Und erst gestern war gemeldet worden, daß sie einen ortsansässigen Bauern dazu gezwungen hatten, einen Baum zu erklettern, um ihnen zu entkommen.

Bis jetzt hatte die Forschungsabteilung von NaTel noch keine vernünftige Erklärung geliefert. Vor drei oder vier Monaten hatte ein Naturliebhaber – einer von den Millionen von Bewunderern, die Onkel Dan hatte – einen Brief an das Programm geschrieben und darin von einem Kaninchen berichtet, das eine Schlange angegriffen und getötet hatte. Und seitdem hatte sich die Zahl solch eigenartiger Vorfälle vermehrt. Vielleicht hatten sich die verrückten Kaninchen auch vermehrt. Vielleicht hatte es am Anfang nur ein

Killer-Kaninchen – eine Art Mißgeburt – gegeben.

Die Forschungsabteilung – auch wenn sie außerstande war, den Ursprung der ›Verrückten Kaninchen‹ zu erklären – hatte einen weiteren ungewöhnlichen Vorfall entdeckt, ebenfalls in Yorkshire. Offenbar war einige Zeit vor der Sichtung des ersten verrückten Kaninchens ein Tiger von einem Spaniel getötet worden. Onkel Dan war eine Weile versucht gewesen, die Tiger-Story in sein Programm einzubauen, vielleicht gewisse Hinweise auf unnatürliche Veränderungen im Tierreich zu machen, hatte sich dann aber dagegen entschieden. Nein, einen nichtexistenten Tiger konnte man nicht zeigen.

Aber verrückte Kaninchen konnte man zeigen. Onkel Dan war glücklich.

Sie waren da, die kleinen Lieblinge, wenigstens hundert von ihnen. Vielleicht zweihundert Meter von ihm entfernt tollten sie auf den Hügeln herum. Jetzt würden die Treiber von NaTel sie gleich auf Onkel Dan und die Kamera-Crews zutreiben. Onkel Dan hoffte, daß die Kaninchen ihre Sache gut machen würden. NaTel hatte eine Anzahl kleiner Hunde geliefert – alles garantierte Kaninchenjäger – in der Hoffnung, daß man die Kaninchen dazu überreden konnte, sie zu zerreißen.

Der Plan war, die Kaninchen zu treiben, die Hunde zwischen ihnen freizulassen und von dem sich ergebenden Gemetzel soviel wie möglich auf Band zu bannen. Onkel Dan würde einen kleinen Kommentar sprechen, während die Kaninchen aus dem Hintergrund näher rückten. Dann, je nachdem, wie die Sache lief, konnte man ihn ja an verschiedenen Stellen einschneiden.

Es war kalt, aber Onkel Dans elektrisch beheizte Norfolk-Jacke hielt ihn herrlich warm, ebenso, wie die drei oder vier dreifachen Whiskys, die er vorsichtshalber zu sich genommen hatte. Er strich sich zufrieden über den roten Bart. Ja, überlegte er, er war wirklich glücklich. Seit er MikroKrieg den Rücken gekehrt hatte, war er zu Wohlstand, einer erstklassigen Reputation und zwanzig Millionen schwachsinniger Anhänger gekommen. Das Leben hatte es gut mit ihm gemeint. Fast zu gut.

Während seine Gedanken kurz zu MikroKrieg zurückschweiften, schwamm ein Name aus den Tiefen seiner Erinnerung nach oben: Greylaw. Onkel Dan kratzte sich den Kopf. Er war verwirrt. Warum dachte er jetzt eigentlich an Greylaw?

Ah ja, jetzt erinnerte er sich wieder. Vor ein oder zwei Monaten – oder waren es ein oder zwei Jahre (nicht, daß es darauf angekommen wäre) – hatte er in der NaTel-Bar diesen Typ von MikroKrieg kennengelernt. Sie hatten sich über alte Zeiten unterhalten. Greylaw und dieses verdammte alberne Gelassenheit-Projekt. Und dann war dieser Typ von MikroKrieg einfach umgekippt. Wahrscheinlich blau wie eine Haubitze.

Onkel Dans Reminiszenzen wurden durch das Signal beendet, daß die Treiber – mit Klappern, elektronischen Blitzgeräten und Zimbeln bewaffnet – jetzt ihre Arbeit aufgenommen hatten.

Onkel Dan sah der Entwicklung der Ereignisse ein paar Augenblicke zu. Mehr als hundert, dachte er. Wahrscheinlich zweihundert. Vielleicht kamen die kleinen Bastarde aus Löchern im Boden. Die Kaninchen bewegten sich langsam. All der Lärm und die vielen Menschen schienen sie nicht sonderlich zu stören. Aber sie begannen sich jetzt schneller zu bewegen. Irgendwie zielbewußt.

Onkel Dan bekam es mit der Angst zu tun. Sie sahen ganz wie gewöhnliche Kaninchen aus. Jetzt würden gleich die Hunde freigelassen werden. Was, wenn sie einfach die Kaninchen zerfleischten? Scheiße! Was für eine Zeitvergeudung!

Onkel Dan war plötzlich deprimiert und gab Kamera eins ein Signal. Man antwortete ihm mit dem alten Daumenzeichen. Er wandte sich der Kamera mit einem breiten Lächeln auf den wettergegerbten Zügen zu.

»Ahoi, dort draußen, meine Lieben!« begann er vergnügt. »Hier ist euer Onkel Dan allein in der verlassenen Wildnis von Yorkshire, dem echten Laurence-Olivier-Land, wo Emily Bront einmal *Die Braut Frankensteins* schrieb und John Braine sein unsterbliches *Room at the Wuthering Heights.* Ja, Leute, wir befinden uns in einem Land, das reich ist an Leidenschaften und Geheimnissen, in einem erstaunlichen Land, wo die Kaninchen alle verrückt geworden sind. Schließt euch jetzt eurem Onkel Dan an und erlebt eine weitere Schönheit von Mutter Natur.«

Die Kaninchen waren jetzt keine fünfzig Meter mehr von ihm entfernt. Es war Zeit für die Hunde. Onkel Dan hob die Hand an seinen Bart. Kamera eins schnitt auf die Kaninchen. Die Hunde wurden losgelassen.

Und die Hölle auch.

Die Hunde rannten auf die Kaninchen los. Die Kaninchen umgaben die Hunde. Die Hunde bellten und schnappten und erlebten ein paar Augenblicke glorreichen Unglaubens, ehe Dutzende von Kaninchen sie kühl und systematisch ansprangen und sie ohne Rücksicht auf Opfer ganz methodisch in den Boden stampften. Alles war in ein paar Sekunden vorbei, das Todesheulen der Hunde verklang im Wind – aber es war Klasse-Fernsehen.

Onkel Dan war wieder glücklich. Das Leben hatte es gut mit ihm gemeint.

Aber das Leben – und das war für Onkel Dan sehr bedauerlich – hatte beschlossen, seine unnatürliche Großzügigkeit zu beenden. Und was nun folgte, war auch Klasse-Fernsehen. Aber nicht für Schönheiten von Mutter Natur. Nur für ›Horror nach Mitternacht‹.

Vielleicht war der Tod von ein paar Hunden nur ein Stimulus für die Blutgier der Kaninchen gewesen. Vielleicht gefiel auch den Kaninchen der Schnitt von Onkel Dans Norfolk-Jacke nicht. Vielleicht störte sie sein grellroter Bart. Vielleicht war er auch einfach nur das nächste Zielobjekt, das sich ihnen bot.

Ehe jemand etwas tun konnte, griffen sie an. Kamera eins, etwa fünf Schritte von Onkel Dan entfernt, war so geistesgegenwärtig, alles fallen zu lassen und davonzurennen. Onkel Dans Reaktionen waren langsamer.

Obwohl er gegenüber den verblichenen Hunden den Vorteil hatte, bereits zu wissen, daß die Kaninchen nicht ganz normal waren, war er emotionell, ähnlich wie die Hunde, außerstande, die Tatsache ihrer Abnormität hinzunehmen.

Er stand einfach da und starrte sie an.

Aber nicht lange. Die Kaninchen umringten ihn. Sie gaben hohe, seltsame, quietschende Geräusche von sich, wie wenn man mit einem feuchten Finger über eine Glasplatte streicht. Sie sprangen seine Beine an, rannten zwischen seinen Füßen hindurch und brachten ihn ganz bewußt zu Fall. Er stürzte schwer und zerquetschte dabei drei oder vier von ihnen.

Aber den restlichen Kaninchen schien das nichts auszumachen. Das gehörte alles zu der Show. Sie schwärmten über ihn, so daß er wie ein zuckender, um sich schlagender, schreiender Berg aus Pelz aussah. Sie traten ihn und kratzten ihn und bissen ihn und zerstampften ihn.

Und in weniger als einer Minute, während noch ein paar tapfere NaTel-Seelen mit Kameras, Stativen und sonstigen greifbaren Ausrüstungsgegenständen auf die Angreifer einschlugen, hatten die ›Verrückten Kaninchen von Yorkshire‹ einen immer noch ungläubigen Onkel Dan zu Tode getreten.

26

Die Zeit verstrich, und die parasitische Spirochäte P 939 reiste weit, schuf sich ihr eigenes, auf subtile Weise verborgenes Bakterienreich und bewegte sich auf geheimnisvollen Wegen, um ihre Wunder zu verrichten. Zeit verstrich, und Bruder Peters Botschaft der Perfekten Universalen Liebe fuhr ebenfalls fort, sich auszudehnen, und sie respektierte, gleich seinem winzigen bakteriellen Verbündeten, nicht Rasse, nicht Hautfarbe, nicht Religion. Millionen von Menschen auf der ganzen Welt wurden nacheinander Opfer der Promiskuität, dann der Eßgier, anschließend wurden sie ruhig und fingen dann an zu lieben. Die Selbstmordrate unter Staatsmännern, Politikern, Generalen, Diktatoren und Revolutionären stieg besorgniserregend. Wirtschaftler, Finanziers, Historiker und Kirchenmänner (zumindest diejenigen, welche weiterhin den Zölibat hielten – und davon gab es immer noch einige) kündigten leiderfüllt das Ende der Zivilisation an.

In der Generalversammlung der Vereinten Nationen hielt der Vertreter der Volksrepublik China eine wichtige Rede. Im Angesicht der Welt bekannte er sich im Namen seines großen Landes schuldig, die Bevölkerungsexplosion der Welt gefördert, in kapitalistischen Ländern Revolutionen angezettelt, Territorien der Union der Sozialistischen Sowjetrepubliken gestohlen, die westlichen

Länder mit fünfzig Milliarden Dosen Chow Mein, dreißig Milliarden Dosen gebratenem Reis und Millionen Tonnen vakuumverpacktem, süß-sauren Schweinefleisch beliefert zu haben, die für den menschlichen Verzehr ungeeignet waren. Außerdem bekannte er sich namens der Chinesischen Kommunistischen Partei für schuldig, die Bewohner sieben rebellierender chinesischer Provinzen dem Hungertod ausgeliefert, im Falle von Mao Tse-Tung dem Ersten, Zweiten und Dritten den Persönlichkeitskult übertrieben und schließlich leere Schlagwörter, die nur ungenügend als Essenzen der politischen Philosophie getarnt waren, verbreitet zu haben.

Als Reparationsleistung erbot sich sein Land, einhundert Millionen chinesische Bauern zu sterilisieren, keine Zigarren mehr aus Kuba zu kaufen und fünfzig Millionen qualifizierter chinesischer Köche die Ausreise in den Westen zu erlauben, die Mongolei an Rußland und Tibet an Tibet abzugeben, und zwölf Millionen fünfhunderttausend der fanatischsten Mitglieder der Chinesischen Kommunistischen Partei zu zwingen, ihr Exemplar der *Gedanken des Vorsitzenden Mao* aufzuessen.

Der amerikanische Vergeltungsschlag war schnell und wirksam. Der Präsident der Vereinigten Staaten rief eine umfangreiche, rasch gebildete Einsatzgruppe ins Leben, die mit Höchstgeschwindigkeit Kurs auf China nehmen sollte. Sie bestand aus zehn Flugzeugträgern, zwanzig Nuklearunterseebooten und dreißig Supertankern. Noch vor Eintreffen dieser Flotte flogen eintausend amerikanische Bomber hintereinander fünf erfolgreiche Missionen über das Festland Chinas und erlitten dabei nur einen Verlust – ein Flugzeug, das kurz nach dem Start von einem ungewöhnlich angriffslustigen Albatros zum Absturz gebracht wurde.

Die Bomber flogen ihren ersten Einsatz gegen Peking. Sie warfen fünftausend Tonnen oral zu verabreichender Empfängnisverhütungsmittel, fünf Millionen tiefgekühlter, kochfertiger Hühner, zehn Millionen Päckchen Kaugummi, zweitausend Tonnen Zukker, eintausend Tonnen gefriergetrockneten Kaffees, einhundert Tonnen Sahne, fünfzig Tonnen Kosmetika und fünf Tonnen Marihuana ab.

Später lieferte die Einsatzflotte weitere zwanzigtausend Tonnen

Verhütungsmittel, zwei Millionen Tonnen Konserven, fünftausend Traktoren und Pflüge, zehn Millionen Tonnen festen und flüssigen Kunstdüngers, einhundert Millionen tiefgekühlter Truthähne, zwei Milliarden Hamburger, zehn transportable Entbindungsstationen und zweihundert freiwillige, chinesisch sprechende amerikanische Psychiater.

Der Vorsitzende der Chinesischen Kommunistischen Partei trat zurück und erbot sich, beim Wiederaufbau eines tibetanischen Mönchklosters zu helfen. Der Präsident der Vereinigten Staaten wurde zum qualifizierten chinesischen Koch (zweiter Klasse) ehrenhalber ernannt, und sein Gesicht wurde zum drittenmal in drei Monaten auf dem Umschlag von *Time* abgebildet.

In Berlin forderten einhundert ostdeutsche Spitzensportler einhundert westdeutsche Spitzensportler zu einem Mauerzertrümmerungswettbewerb heraus – wobei nur Hände und Vorschlaghämmer zulässig waren. Das Zentrum der Mauer wurde sorgfältig bestimmt. Dann begannen die Ostdeutschen am einen und die Westdeutschen am anderen Ende. Die Ostdeutschen gewannen durch Schlauheit, reichlichen Konsum ostdeutschen Wodkas und mit einem Vorsprung von sechs Metern und dreißig Zentimetern.

Die Westdeutschen nahmen ihre Niederlage mit Anstand hin und tranken die Sieger dann unter den Tisch. West-Berlin ergoß sich nach Ost-Berlin. Ost-Berlin ergoß sich nach West-Berlin. Die Volkspolizei trat bis auf den letzten Mann zurück. Der Vorsitzende des Staatsrats der Deutschen Demokratischen Republik setzte sich nach dem Westen ab und erfüllte sich einen sein Leben lang gehegten Wunsch, indem er Konditor in München wurde. Der fünfundsiebzigjährige Kanzler der Bundesrepublik Deutschland starb an einem Herzinfarkt wegen Überanstrengung in der Phase der Promiskuität.

Der Präsident der Republik Israel lud sämtliche Staatschefs der Arabischen Staaten dazu ein, ihre Pan-Arabische Konferenz, bei der die Mittel für eine dritte Jehad gesammelt werden sollten, in Tel Aviv abzuhalten. Der Präsident von Ägypten lehnte ab, der Präsident von Syrien akzeptierte, der Präsident von Algerien lehnte ab, der Präsident von Libyen akzeptierte, und einige konnten sich nicht entscheiden, darunter auch der König von Jordanien. Als bedauerliche Folge dieses von Israel gut gemeinten Aktes erklärten sich vier arabische Staaten gegenseitig den Krieg. Obwohl die Kampfhandlungen belanglos blieben, kam es zu einer Aufwallung der Gefühle.

Zum erstenmal in der Geschichte des Sports wurde in diesem Jahr auf keinem südamerikanischen Fußballplatz irgendein Schiedsrichter durch fliegende Gegenstände verletzt, erschossen oder gelyncht.

Zum erstenmal in der Geschichte des Sports endeten mehr als fünfzig Prozent aller internationalen Spiele, Wettbewerbe und Turniere unentschieden, wie vorher vereinbart.

In der Schweiz bot man Bruder Peter das Präsidentenamt an, das er ablehnte. In Frankreich bot man Bruder Peter das Präsidentenamt an, das er ablehnte. In Italien bot man Bruder Peter das Präsidentenamt an, das er ablehnte. In Spanien verurteilte man ihn zu einer Gefängnisstrafe wegen unziemlicher Nacktheit mit Bewährung, weil er an der Costa del Sol außer einem Lendentuch nichts getragen hatte. In den USA erklärte er sich, im Gedenken an seinen lieben verblichenen Bruder, bereit, der erste halbrussische Gouverneur Kaliforniens ehrenhalber zu werden.

Zu dieser Zeit war die Bewegung für Perfekte Universale Liebe, die einzig und allein von freiwilligen Spenden getragen wurde, zu einem großen Geschäft geworden, das sogar die Macht von Kathoprot in die Schranken forderte. In der ganzen Christenheit setzten computerlose P.U.L.-Tabernakel (denen selbst so elementare Dinge wie Zentralheizung, Toiletten, Pools, Bäder und Restaurants fehlten) fast ebensoviel um wie die großen Kathoprot-Kirchen und Kathedralen.

Bruder Peter wurde von Managern, Buchhaltern, Werbeberatern und sogar einigen Jüngern umgeben. Nach einer erfolgreichen Tour durch Europa, in deren Verlauf er zwei Regierungen stürzte, die er gar nicht stürzen wollte, und viele Millionen Franken, D-Mark, Franc und Lire erhielt, die er nicht haben wollte, entschieden seine Berater, daß er eine P.U.L.-Kampagne in England antreten sollte, einem Land, das keine sonderliche Anziehung auf ihn ausübte. Das einzige, was er wollte, war, an einen ruhigen Ort zu gehen – eine Wildnis zum Beispiel, wenn es das noch gab – dort allein gelassen zu werden und zu meditieren. Aber seine Buchhalter machten ihm mit nachdrücklicher Überzeugungskraft klar, daß P.U.L. gewisse moralische Verpflichtungen hatte.

27

Camilla und Gabriel waren weder glücklich noch unglücklich. Sie waren ruhig. Sie ergötzten sich schon lange nicht mehr an gargantuanischen Festmählern, langausgedehnten Sexorgien oder der Verbreitung von P 939 durch die Nation. Sie waren ruhig geworden. Manchmal zweifelte Gabriel sogar bedrückt daran, daß sie überhaupt noch lebten.

Sie schliefen, sie wachten, sie bewegten sich, liebten sich, gingen in Restaurants oder Theater, kamen nach Hause, tranken Tee oder heiße Schokolade und schliefen dann wieder. Es war zumindest ein Kreislauf der Existenz. Aber Gabriel war sich bewußt, daß selbst Kohlköpfe auch Kreisläufe der Existenz hatten. Er dachte, er und Camilla wären Kohlköpfe geworden, Kohlköpfe, die reden konnten, Zuneigung an den Tag legten, selbst auf gewisse Weise Liebe machten. Aber trotzdem Kohlköpfe. Doch er war zu gelassen, um darüber weinen zu können.

Am Anfang des P 939-Kreuzzuges hatte sich Gabriel einhundertfünfzig InSex-Tabletten beschafft, in der Meinung, sie wären notwendig, um die Spirochäte der Nicht-Aggression mit aller möglichen Geschwindigkeit zu verbreiten. Aber er hatte den Verkaufswiderstand, die Vorurteile und den moralischen Halt der Öffentlichkeit weit überschätzt. Sobald P 939 einmal sozusagen gestartet war, breitete es seine eigenen metaphorischen Schwingen aus und flatterte vergnügt nach allen Richtungen davon. Jetzt war Eustace Greylaws synthetische, venerische Krankheit, wie man aus seltsamen Ereignissen in allen Teilen der Welt erkennen konnte, auf dem besten Wege, die Kontrolle über den ganzen Planeten zu gewinnen.

Gabriel befand sich immer noch im illegalen Besitz von mehr als hundert InSex-Tabletten. Gelegentlich benutzten er und Camilla aus schierer Langeweile ein paar davon, um ihr sonst routinemäßiges, mechanisches und ganz und gar nicht aufregendes Geschlechtsleben etwas aufzuputschen. Das InSex war wirksam genug, um für den Augenblick die hemmenden und gelassen machenden Auswirkungen von P 939 zu neutralisieren, so daß Gabriel und Camilla angeregt einander wie zwei brünstige Tiere ansprangen, sich kratzten und bissen und gegenseitig auf den Orgasmus zutrieben, bis das Aphrodisiakum seine Wirkung wieder verpufft hatte. Aber die sexuelle Manie war stets nur von kurzer Dauer, und nachher waren sie tieftraurig, ja schämten sie sich sogar, wenn sie ihre Wunden pflegten, die sie einander in der Hitze geschlagen hatten, und sich voller Schrecken der Gewalttätigkeiten erinnerten, deren sie sich schuldig gemacht hatten. Nach solchen Perioden pflegten sie heiße Schokolade zu trinken und Veronal zu nehmen und Rücken an Rücken zu schlafen, fest entschlossen, nie wieder etwas so Tierisches zu tun.

Aber solange ihr Vorrat an InSex reichte, gab es immer wieder ein nächstes Mal. Es war die Droge der Verzweiflung, die einzige Zuflucht vor dem immerwährenden Frieden und der heimischen Harmonie. Gabriel brachte es nicht übers Herz, die Tabletten einfach in die Toilette zu spülen – einmal, weil die einhundertfünfzig Stück tausend Pfund gekostet hatten, dann auch, weil die gelegentlichen Aufwallungen sexueller Gewalt, die sie sich mit ihnen erkauften, wenigstens eine Abwechslung in der Monotonie der Nicht-Aggression war. Das einzig Unangenehme war die unglückliche Stimmung, die sich nachher immer einstellte.

Schließlich hatte Gabriel eine Idee. Er würde die übriggebliebenen Tabletten dem Dealer in Soho zurückverkaufen, ohne Zweifel um einen wesentlich niedrigeren Preis, den er ursprünglich bezahlt hatte. Auf diese Weise würde die Versuchung von ihnen genommen sein, und er und Camilla würden das so eingenommene Geld dazu benutzen können, teure und völlig unnötige Geschenke zu kaufen oder zumindest ein paar wirklich feudale Mahlzeiten einzunehmen.

Camilla billigte seinen Plan. Doch den Fährnissen Sohos wollte sie Gabriel nicht allein aussetzen. Soho war immer noch, soweit sie wußte, eine Gegend des Lasters und der Versuchung, in der ein gelassener und einsichtiger ehemaliger Buchskulpteur sich gefährlichen Einflüssen ausgesetzt sehen konnte.

So verließen Gabriel und Camilla eines schönen Frühlingsabends ihre Wohnung im fünfundzwanzigsten Stockwerk von Margot Fonteyn House, Shepherd's Bush, fanden ein Robo-Taxi und programmierten es, sie ins Westend zu bringen. Gabriel trug die InSex-Tabletten etwas nervös in einer antiken Schnupftabakdose, die er sich in die Tasche gesteckt hatte. Er hoffte, daß es nicht zu schwierig werden würde, den Dealer zu finden und mit ihm einen Preis zu vereinbaren. Die Strafe, die auf dem illegalen Besitz von InSex stand, war immer noch die gleiche.

Als das Robo-Taxi die Bayswater Road hinunterschoß, blickte Camilla durch das Fenster auf das Zwielicht hinaus, das sich sanft über die Kensington Gardens legte. Es war kaum jemand zu sehen, und die weiten Grasflächen mit den Bäumen dahinter schienen in dem verblassenden Licht zauberhaft. Plötzlich überkam sie der unkontrollierbare Drang, barfuß über den Rasen zu laufen. Seit sie dies das letzte Mal getan hatte, war eine lange Zeit vergangen. Ein halbes Leben, schien ihr.

»Halt das Taxi an, Gabriel.«

»Warum?«

»Es ist Frühling. Ich möchte im Park spazieren gehen. Ich möchte den Vögeln zuhören. Ich möchte das Gras unter meinen Füßen spüren. Ich möchte mir die Statue von Peter Pan ansehen. Ich möchte bei der Serpentine spazierengehen.«

»Und was ist mit dem InSex? Wir wollten es doch wegschaffen und uns Geld dafür geben lassen. Erinnerst du dich?«

»Das InSex soll warten. Wir können es ja immer noch ins Wasser werfen.« Sie kicherte. »Ich wäre ja neugierig, wie das auf die Fische wirken würde ... Außerdem brauchen wir das Geld eigentlich doch nicht. Es war eine verrückte Idee, es zurückzuverkaufen ... Ja, das machen wir – wir werfen es in die Serpentine. Dann vergessen wir InSex, P 939 und alles andere.«

Gabriel seufzte, ließ das Taxi anhalten und bezahlte. Sie stiegen aus.

Er mußte zugeben, daß es wirklich ein sehr schöner Frühlingsabend war – warm, mit dem köstlichsten Duft von Regen. Eigenartig, daß er nicht selbst dahintergekommen war, daß man an einem solchen Abend nichts anderes tun konnte als im Park spazierengehen. Er war Camilla dankbar, daß sie ihn daran erinnert hatte. Es lag weit zurück, daß er das letzte Mal mit ihr im Park spazierengegangen war. Das war auch eine der Folgen der Ehe.

Sie kamen am Kensington Round Pond vorbei, und das Zwielicht wurde dunkler. Es lag wirklich lange zurück, daß Gabriel zuletzt im Park spazierengegangen war, denn er war angenehm überrascht, daß es hier keine Leute gab.

Erst als sie die Statue von Peter Pan erreicht hatten, erinnerte er sich wieder, warum keine Liebespaare im Zwielicht spazierengingen. Und da war es schon zu spät.

Die Teenies mußten sie schon einige Minuten verfolgt haben. Gabriel hatte ein paar seltsame leise Geräusche wahrgenommen, hatte sie aber idiotischerweise nur als Geräusche des Zwielichts abgetan. Als sie sie dann überfielen, waren er und Camilla völlig überrascht.

Die Teenies schlossen sich wie eine menschliche Schlinge um sie, spannten sich um sie und zerrten sie zu Boden. Gabriel konnte Camilla nicht sehen, nur ihre halberstickten Schreie hören. Teenies beider Geschlechter saßen auf seinen Beinen, seinen Armen, seiner Brust und seinem Kopf. Geschäftige kleine Finger suchten seine Taschen ab.

»Kein Hauptpreis«, ließ sich eine dünne, vermutlich weibliche Stimme vernehmen. »Nur ungefähr dreißig Pfund in Papiergeld, ein paar Taximünzen und eine kleine Box mit Pillen. Vielleicht kriegen wir für die Box ein paar Scheine.«

»Was sind denn das für Scheiß-Pillen?«

Gabriel hob mit einiger Mühe den Kopf. Er konnte Teile von Camilla sehen. Auch sie wurde von ein paar Teenies höchst wirksam festgehalten. Ein sehr kleines Kind saß gleichgültig auf ihrem Kopf. Ein Junge von vielleicht zwölf Jahren riß an ihrem Kleid und kniff sie in den Busen.

»Hey, Mann!« Ein Fuß stieß Gabriel schmerzhaft in die Rippen. »Was ist mit den Scheiß-Pillen?«

»Aspirin«, sagte er vorsichtig. Ein weiterer Tritt.

»Tatsächlich? Dann nimm doch ein paar und kühl dich ab.«

Gabriel wehrte sich, aber grausame kleine Finger drückten ihm die Nase zu, zwangen ihn, den Mund zu öffnen, und schoben ihm ein paar InSex-Tabletten hinein. Er wußte nicht, wie viele. Er hörte auf, sich zu wehren. Sein Atem begann sehr schwer zu gehen. Er wollte die Kleider abstreifen. Er wollte sterben. Er kam sich wie betrunken vor. Schreckliche erotische Bilder zogen ihm durch den Kopf. Er drohte vor Begierde zu zerspringen. Er wußte, daß er im Begriffe war, die größte, die unersättlichste, die dauerhafteste Erektion der ganzen Welt zu entwickeln. Ein roter, roter Nebel hüllte ihn ein.

»Heilige Beatles!« schrie eine vergnügte Kinderstimme in weiter, weiter Ferne. »Das ist InSex. Gib mir eine!«

»Mir auch!«

»Ich will auch eine!«

»Laß die Scheiß-Box nicht fallen, sonst verlieren wir das Scheiß-InSex!«

»Verpaß denen auch eine!«

»Füttern wir doch das Püppchen von dem Typ.«

Einen kurzen Augenblick lang löste sich der Nebel, der Gabriel umgab. Etwas nachweisbar Weibliches lag unter ihm. Es bewegte sich, es stöhnte, es zuckte. Seine Begierde wurde zur Weißglut entfacht. Gabriel mühte sich ab, stöhnte. Der Körper unter ihm wurde weggezogen. Dann arbeitete er sich zurück. Oder war das ein anderer Körper? Er wußte es nicht. Es interessierte ihn auch nicht. Er war von zuckenden, keuchenden Körpern umgeben. Und er wußte es nicht und wollte es nicht wissen. Der schreckliche Zwang war alles, worauf es ankam – alles, worauf es ankam – alles, das wirklich war, inmitten eines heißen, finsteren, feuchten Universums.

Barmherzigerweise ließ die Überladung mit InSex es nicht zu, daß er lange Zeit auch nur halbwegs bei Bewußtsein blieb. Er versank in ein pulsierendes Meer, und sein Körper zuckte noch lange mechanisch nach, als sein Bewußtsein bereits untergegangen war.

Als er zu guter Letzt in die Realität zurückkehrte, war er steif und kalt und von tausend Schmerzen und all den Schrecken der zurückkehrenden Fragmente erfüllt.

Die Luft war still und kalt. Hoch am Himmel schimmerte der volle Mond. Und ganz in der Nähe lagen zwei Körper dicht beieinander im Gras. Der eine war der von Camilla, der andere der von einem Teeny – einem Jungen von elf oder zwölf Jahren. Jeder hielt den Hals des anderen umklammert. Sie fühlten sich sehr kalt an.

Camillas Kleidung war in Fetzen gerissen worden. Ihr ganzer Körper war zerkratzt, und sie hatte Blut am Leib. Ihr Mund war weit geöffnet, die Zunge hing ihr heraus, und sie starrte glasig zum Mond.

Wie benommen entfernte Gabriel die Hände des Teenys von ihrer Kehle. Wie benommen hob er ihren Kopf, preßte ihn an seine Brust, küßte ihr feuchtes Haar, die kalte Stirn, und wiegte sie hin und her, während ein langer Schrei der Angst aus den Tiefen seines Wesens emporstieg.

Da saß er, kalt, leer und gequält, Camilla an sich gepreßt, und weinte und murmelte ihr unverständliche Koseworte zu, während der Mond langsam über den Himmel zog. Er saß da, seine tote Liebe an sich gepreßt, bis das Geräusch eines tieffliegenden Streifenhubschraubers ihn in die Welt der Realität zurückriß. Er sah, wie der Suchscheinwerfer der Maschine systematisch über den Park strich.

Und dann war er so vernünftig, Camilla zum letztenmal sehr zart zu küssen und sie dann sachte auf den Rasen zu legen – und wegzurennen.

28

Völlig traumatisiert und ohne zu wissen, wie er es schließlich geschafft hatte, schleppte Gabriel sich zu dem Appartement in Shepherd's Bush zurück. Eustace war tot, und Camilla war tot, aber P 939 marschierte munter weiter. Das Ganze war ein einziger großer Witz. Ungemein komisch. Ein monströser Witz, den sich vielleicht irgendein pervertierter Supertyp dort oben ausgedacht hatte, um sich ein paar Augenblicke göttlich infernalischer Verknacktheit zu leisten.

Gabriel wollte lachen. Er wollte weinen. Er wollte seinen Kopf gegen die Wand schmettern, sich die Kehle durchschneiden, Horden namenloser Teenies vernichten. Aber er konnte nichts tun – weil er in seinem Trauma litt und auf wahnsinnige Art gelassen und schrecklich allein war.

Er begann zu trinken. Er aß nichts, aber er begann zu trinken. Der Tag kam und dann die Finsternis und dann wieder der Tag und dann erneut die Finsternis. Er legte sich nur dann zum Schlafen auf den Boden, wenn er zu betrunken war, um bei Bewußtsein zu bleiben. Er ging nur ins Badezimmer, um zu pinkeln oder sich zu übergeben. Er verließ die Wohnung nur, um Wodka zu kaufen oder Whisky oder Gin oder Brandy oder sonst etwas.

Er sah aus wie eine lebende Leiche. Die Menschen gingen ihm auf der Straße aus dem Weg. Der Typ im Weinladen überlegte, ob er die Büttel rufen sollte, aber Gabriel, ein Automat mit glasigen Augen, brachte genug Geld, um zehnmal für all den Fusel zu bezahlen, den er haben wollte. Der Typ im Weinladen rief die Büttel nicht, sondern betete statt dessen, daß Gabriel bald wiederkommen würde.

Als Gabriel von einer seiner Whisky-Kauftouren zurückkehrte, stieß er buchstäblich mit Dr. Slink zusammen. Sie kam mit strahlenden Augen, aufgerichtet, erneuert, geläutert und voll Hingabe von einer P.U.L.-Messe zurück, die von Bruder Peter persönlich zelebriert worden war. Wie ein Schmetterling der Karamasow-Raupe entstiegen und zum Menschensohn geworden, schien Peter, der Schmetterling, keinerlei Verbindung mehr mit der Raupe zu haben. Bruder Peter war nichts mehr und nichts weniger als Bruder

Peter – der Weg zur Perfekten Universalen Liebe.

Von Gabriels Aussehen erschreckt, brachte es Dr. Slink irgendwie zuwege, ihn in ihre Wohnung zu steuern. Sie entschied, daß auch er einen Schuß der Perfekten Universalen Liebe gebrauchen konnte. Zuerst gab Gabriel keinen Ton von sich, aber vielleicht war er stumm geworden. Dr. Slink versuchte Gabriels Frau zu erreichen, aber es meldete sich niemand. So brachte sie Gabriel irgendwie zu Bett und versuchte ihn zu säubern, um dann einen Arzt zu rufen.

Er war schmutzig und behaart und roch nach Schweiß und Urin und ließ sich nicht von der Whiskyflasche trennen, die er in der Hand hielt. Aber die Perfekte Universale Liebe verlieh Dr. Slink die Kraft, derer sie bedurfte.

Sie drückte ihn wie ein Baby an ihren vollen Busen, während der Whisky über sie beide spritzte. Und dann begann Gabriel plötzlich, und wie durch ein Wunder, zu sprechen. Es war ein Akt der Beichte – gleichsam ein betrunkenes Postskriptum zu dem monströsen Witz des Supertyps.

Lallend und kaum verständlich erzählte Gabriel ihr alles. Er schilderte Dr. Slink, wie er Camilla kennengelernt hatte. Er erzählte ihr von Eustace und den Tieren und von P 939 und St. Paul's und Epping Forest und InSex und dem großen Kreuzzug. Er berichtete Dr. Slink, wie er sie absichtlich infiziert hatte, und wie die Krankheit der Nicht-Aggression sich über die Welt ausbreitete. Er sagte ihr, wie er und Camilla in dem Kensington Gardens spazierengegangen wären, und wie das alles in dem schmutzigsten, perversesten Witz geendet hatte, den der Supertyp sich ausdenken konnte.

Dr. Slink hörte ihm mit immer größer werdendem Staunen zu. Das Ganze erheiterte sie beinahe. Hinter all dem steckte ein Plan – ein göttlicher Plan. Selbst in der Entlassung von Professor Greylaw durch Dr. Perrywit war Absicht gewesen. Ebenso auch in dem zufälligen Zusammentreffen Dr. Slinks mit Peter Karamasow im Park (daß es Iljitsch gewesen war, wußte sie immer noch nicht). Auch hinter Dr. Perrywits sexueller Attacke auf sie war ein Plan gewesen und selbst in ihrer schmählichen Entlassung aus den Diensten von MikroKrieg. Und auch in der unvergessenen Ekstase, die sie mit Gabriel erlebt hatte, steckte ein Plan. In allem steckte ein Plan. Plötzlich spürte sie, wie das Wissen, die Weisheit und die göttliche Wahrheit förmlich aus ihr strahlten.

Sie strich über Gabriels Haar und drückte sein Gesicht an ihren Busen. Und ihre Augen leuchteten.

»Gabriel«, sagte sie mit weicher Stimme, »Sie haben mir schreckliche und furchtbare und wunderbare Dinge erzählt. Sie und Bruder Peter haben mir gezeigt, wie unser Leben – unser aller Leben – mit dem aller anderen Menschen verbunden ist. Und jetzt wird die Welt trotz all dieser schrecklichen Ereignisse endlich vom Frieden und der Liebe erobert. Das Zeitalter der Wunder ist noch nicht vorbei. Gott wandelt sich auf geheimnisvollen Wegen.«

Gabriel rülpste und liebkoste ungeschickt und ohne jegliche Begeisterung ihre Brustwarze. »Gott«, verkündete er mit schwerer Stimme, »ist ein Supertyp. Gott ist ein kosmischer Furz.«

»Gott ist die Liebe«, sagte Dr. Slink würdevoll.

»Kacke!« erwiderte Gabriel und schüttete wieder Whisky über sein Kinn und Dr. Slinks Busen. »Gott ist ein Geräusch in deinem Kopf und eine Bakterie in deiner Vagina . . . Das einzige, was ich weiß, ist dies: Als ich etwas gefunden hatte, das ich lieben konnte, mußte es mir weggenommen werden . . . Herrgott! Camilla ist tot, du fette Kuh! Camilla ist tot! Schluß haben die mit ihr gemacht, sie zerschlagen, erledigt. Kaputt, finish!« Er klammerte sich an Dr. Slink und begann zu schluchzen. Ihr Busen und ihr halber Körper wurden von Tränen und Whisky benetzt. Und dann verlor Gabriel das Bewußtsein.

Aber Dr. Slink rief keinen Arzt. Sie hatte jemanden gefunden, mit dem sie Mitleid haben konnte. Voll Hingabe, voll Geduld, und erfüllt von der Perfekten Universalen Liebe machte sie sich daran, Gabriel gesundzupflegen.

Drei Tage war er zu schwach, um sich zu wehren. Dann, am vierten Tag, als Dr. Slink unterwegs war, um Lebensmittel zu kaufen, gesunde Lebensmittel aus einem Reformhaus, kroch er aus ihrer Wohnung, aus dem Margot Fonteyn House, und für immer aus ihrem Leben.

29

Gabriel wußte nicht, warum er nach 1735, Babscastle Boulevard, zurückgekehrt war. Gabriel wußte überhaupt nichts. Vielleicht war es eine sentimentale Reise. Vielleicht jagte er Gespenster. Vielleicht suchte er einfach nur nach greifbaren Erinnerungsstücken seiner verlorenen Liebe. Vielleicht hoffte er auch, daß der Supertyp noch einmal eine komische Posse spielen und die Uhr zurückdrehen würde, so daß er Camilla wieder in den Armen halten konnte.

Das Haus war verlassen. Der Garten, wo ein Eichhörnchen, ein Lamm und ein fettes, weißes Kaninchen einmal des Nachts mit den großen Katzen gespielt hatten, war jetzt verwachsen wie ein Dschungel. Gabriel konnte die Haustür nicht öffnen, aber das brauchte er auch nicht. Praktisch sämtliche Fensterscheiben waren eingeschlagen worden – ohne Zweifel von Teenies oder Studenten.

Gabriel stieg, sorgsam bedacht, eine wertvolle Flasche Wodka nicht fallen zu lassen, durch eines der Fenster im Erdgeschoß und schnitt sich dabei leicht. Er ging ins Wohnzimmer. Zu seiner Überraschung hatte es sich nicht sehr verändert – seit wann eigentlich? Lag das Monate zurück, Jahre? Jedenfalls war das in einer anderen Zeit, einer ganz anderen Art von Zeit.

Irgend etwas – das waren nicht die Tiere gewesen – hatte den Flügel herumgeschubst, und die Vorhänge waren aus den Schienen gerissen worden. Aber auf den Überresten des indischen Teppichs lag immer noch Kaninchenkot und auch solcher von Schafen, und an dem Cocktailschränkchen und dem Flügel waren immer noch die Spuren von Klauen und Zähnen zu erkennen, und das Sofa sah aus, als hätte gestern ein Panther oder ein Löwe mit ihm einen Ringkampf aufgeführt. Im übrigen hatten die Spinnen die Macht ergriffen. Vermutlich hatte ihre Invasion den Anfang im Garten genommen, und jetzt war überall das feine Netzwerk zu sehen, das alles in die verlorene Vergangenheit einspann.

Gabriel ging schnell durch das Haus und sah sich alles an. Es war ein Fehler, das Schlafzimmer zu besuchen, in dem er und Camilla das erste Mal sich voll Vergnügen gegenseitig erschöpft hatten. Das Bett und der Kleiderschrank waren zerschlagen, die Schubladen, die man hastig aus den Schränken gezogen hatte, waren nach allen Richtungen geschleudert worden. Überreste von Camillas Kleidung lagen an absurden Stellen und verspotteten ihn.

Es war auch ein Fehler, das Badezimmer aufzusuchen, in dem Gabriel Camilla auf dem Boden geliebt hatte, ehe er sie weggeführt hatte, um der echten oder eingebildeten Drohung der Sicherheitsabteilung zu entkommen. Einen Augenblick lang bildete Gabriel sich ein, er entdecke zwei nasse Spuren, die zwei nasse Körper auf dem Teppich hinterlassen hatten. Aber als er genauer hinsah, erkannte er, daß es sich bei den Spuren vermutlich um Blutflecken handelte. Wahrscheinlich das Resultat irgendeines Studentenscherzes.

Er ging wieder ins Wohnzimmer hinunter und setzte sich auf die Couch, um Wodka zu trinken und eine Weile auf ein Gespenst zu warten, das sich nie einstellen würde. Nach zwei langen Zügen schob er den Korken in die Flasche und streckte seine Arme, die vor Spannung geschmerzt hatten.

Und als er sich streckte, glitt zufällig eine seiner Hände zwischen die zerfetzte Rückwand der Couch und das ebenso zerfetzte Kissen. Zufällig stieß seine Hand auf etwas Dünnes, Glattes. Seine Finger schlossen sich automatisch darum. Er zog es heraus. Gabriel hatte einen Brief gefunden, den man vergessen hatte, zur Post zu bringen. Er war an Camilla adressiert.

Mit plötzlich zitternden Fingern öffnete Gabriel den Brief und begann zu lesen.

»Meine geliebte Frau«, las er, »ich schreibe hier das, was dir zu sagen mir der Mut fehlt, und werde veranlassen, daß dir dieser Brief gebracht wird, wenn ich nicht zu Hause bin. Ich bin, wie du weißt, ein berufsmäßiger Feigling, und ich möchte, daß du die nötigen Entscheidungen getroffen haben wirst, bis ich nach Hause zurückkehre.

Du fragst dich ohne Zweifel, weshalb ich beabsichtige, meine Arbeit fortzuführen, obwohl MikroKrieg mich gefeuert hat. Und ich bin sicher, daß du dich fragst, warum ich darauf bestanden habe, dich mit P 939 zu infizieren.

Meine Liebste, entgegen all meiner glattzüngigen Erklärungen an jenem intensiven und etwas alkoholischen Abend habe ich dich weder um des Fortschritts der Wissenschaft willen noch um die Phasenentwicklung in einem menschlichen Wesen studieren zu können mit P 939 infiziert. Das war alles schierer Unsinn.

Ich habe dich infiziert, um damit zu einer sehr einfachen, aber, wie ich hoffe, höchst wirksamen Art der Erpressung fähig zu sein.

Weißt du, das Problem ist nämlich, daß ich dich sehr lieb habe. Ich weiß, daß du mich nicht liebst und ich als Sexpartner nichts tauge. Aber das hat nichts zu sagen. Ich bin es zufrieden, mit dir zusammenzusein, zu wissen, daß ich Marylin Monroe betrachten kann, jenes traurige, muntere Kind, und zu wissen, daß auch ich sie – dich – in Zärtlichkeit und manchmal sogar in Leidenschaft in den Armen halten kann.

Ich weiß, daß du mich nicht liebst, und das hat nichts zu besagen. Was etwas zu besagen hat, ist, daß ich auch weiß, daß du nicht die Absicht hast, unseren Ehevertrag zu erneuern und daß du die Erfüllung des Vertrages fordern, das Geld nehmen und einfach verschwinden wirst.

Ich könnte es nicht ertragen, dich zu verlieren. Deshalb habe ich dir das P 939 injiziert (ich wünschte, ich hätte es auf jenem anderen vergnüglicheren Wege tun können); denn jetzt, meine Liebe, brauchst du mich ebensosehr, wie ich dich brauche.

Du mußt nämlich wissen, daß die Langzeitwirkungen von P 939, bis ich eine Lösung gefunden habe – und glaube mir, ich bin nicht weit von ihr entfernt –, daß diese Langzeitwirkungen katastrophal, wenn nicht verheerend sind.

Ich bemerkte das, was ich den kumulativen Eruptionseffekt nenne, zum erstenmal, als ich ein Kaninchen der zweiten Generation harmonisch mit einem infizierten Fuchs im Zoo zusammenleben ließ. Eines Tages entdeckte ich, daß das Kaninchen (das damals ausgereift war, nachdem es gegen Ende seiner Wachstumsperiode P 939 empfangen hatte) den Fuchs zu Tode getreten hatte. Für mich war das ein großer Schock.

Ich begann Untersuchungen anzustellen – das nächste Mal mit Mäusen. Ich verwendete Mäuse, weil der Stoffwechsel und der Lebenszyklus der Maus vergleichsweise schnell ist, und ich wollte schnelle Ergebnisse. Ich brachte eine streunende Katze auf Phase drei und ließ sie dann mit einem halben Dutzend infizierter weißer

Mäuse im Zoo zusammenleben. Ich hatte meine Berechnungen angestellt, und tatsächlich griffen die Mäuse sechs Stunden nach dem von mir errechneten Zeitpunkt die Katze an. Ich überprüfte das Experiment natürlich, wiederholte es mit anderen kurzlebigen, sich schnell vermehrenden Tieren und konnte so den operativen Zyklus von P 939 bestimmen. Mit großen Tieren hätte ich das nicht tun können, mußt du verstehen, weil es viel zu lange gedauert hätte. Ich befand mich in einem Wettlauf mit der Zeit – jenem Zeitpunkt nämlich, an dem du dein Geld nehmen und gehen würdest.

Aber jetzt, meine Liebe, hoffe ich, daß es dir unmöglich sein wird, mich zu verlassen. Wenn du das nämlich tust, wirst du binnen vier oder fünf Jahren auf wahnsinnige Art gewalttätig werden. All die aufgestauten Aggressionen der Jahre der Gelassenheit werden sich in einem einzigen mörderischen Angriff lösen. Es ist fast sicher, daß du zur Mörderin werden wirst, und wenn du dich dann nicht selbst vernichtest, wird die Gesellschaft gezwungen sein, dich hinter Schloß und Riegel zu bringen.

Wohingegen ich, falls du bei mir bleibst, *garantiere*, ein wirksames Mittel zu finden, um damit die Spirochäten zu vernichten oder ihre Langzeitwirkung zu neutralisieren. Richtig entwickelt kann P 939 die Menschheit zur Größe bringen. In ihrem augenblicklichen Zustand könnte sie die schrecklichste Geißel sein, welche die Welt je gekannt hat.

Hasse mich, sei gleichgültig zu mir, verachte mich. Aber bitte, meine liebe Camilla, meine allerliebste Marylin, verlasse mich nicht. Ich flehe dich an, dieses Problem ruhig zu überdenken und zu verstehen, daß nur die große Liebe, die ich für dich empfinde, mich zu solch extremen Handlungen treiben konnte. Dein dich liebender Mann – für immer, wie ich hoffe. Eustace.«

Gabriel las den Brief einmal, zweimal, dreimal. Er war wie benommen. Eustace, das komische Genie, entpuppte sich als Eustace, das Scheusal. P 939, der Retter der Welt, erwies sich als P 939, der Vernichter. Und der große Kreuzzug des Friedens erwies sich als der superkolossale Kreuzzug der letzten absoluten Gewalt. Was für ein riesiger Witz!

Gabriel und Camilla und Messalina und jeder unbewußte Freiwillige in der unbekannten Armee der Erlösung hatte sich abgemüht, sich gepaart, sich vollgestopft, und war schließlich frustrierend unaggressiv geworden. Und das alles vergebens.

Ein Witz. EIN WITZ. EIN RIESENWITZ.

Dieser verrückte Supertyp dort oben hatte sich selbst übertroffen.

Es war so komisch, daß man heulen konnte.

Und Gabriel weinte. Er weinte und trank Wodka und weinte und trank Wodka, und dann verließ er benommen das Mausoleum, das 1735 Babscastle Boulevard war, ging zurück in die arme, liebe, dem Untergang geweihte Welt der Menschen.

30

Er befand sich wieder auf seinem Selbstmordtrip. Standard und Routine. Er hatte das alles schon öfter durchgemacht. Aber diesmal war Gabriel entschlossen, ernst zu machen.

Er hatte allen seinen vertrauten Landmarken Lebewohl gesagt und stand erneut vor jenem gigantisch häßlichen Nadir der Ästhetik des Neunzehnten Jahrhunderts, dem Albert Memorial. Und auch der Rabe war zugegen. Vielleicht war er der selbsternannte Hüter des Monuments für Albert den Guten. Vielleicht war er die Reinkarnation von Disraeli oder Gladstone oder vielleicht sogar irgendein obskurer, aber getreuer Knappe des königlichen Schlafgemachs oder dergleichen. Vielleicht war er einfach ein Produkt seiner Phantasie. Auf alle Fälle war er doch zumindest ein erträglicher Trinkgenosse.

Außerdem erinnerte er sich, obwohl er Gabriel beträchtliche Zeit nicht mehr gesehen hatte, ganz klar früherer vergnügter Gelage; er watschelte nämlich jetzt mit kaum verhohlener Begeisterung auf ihn zu.

Gabriel hatte daran gedacht, zwei Plastikbecher mitzubringen. Aber keinen Wodka diesmal. Dies war ein Anlaß für Champagner – eine Magnumflasche für sich selbst und eine weitere für den Raben. Was machte es schon, daß der Champagner warm war. Das Symbol war es, worauf es ankam. Für ganz kurze Zeit würde er den Vogel in das Vergnügen des kultivierten Lebens einführen, ehe er sich selbst, wie er hoffte, in die Kunst des kultivierten Sterbens einführte. Sein Ziel war die Waterloo Brücke und die Themse, ganz entschieden. Und zum Teufel mit den Abwässern!

»Sei gegrüßt, gefiederter Phantast«, sagte Gabriel und feuerte gekonnt einen Champagnerkorken nach der stoischen Figur von Prinz Albert. »Ich bringe dir interessante Botschaft. Um die Menschheit ist es geschehen. Der ganze Planet ist eine menschliche Zeitbombe. Homo sapiens ist es bestimmt, durchzudrehen, er wird hinweggespült, hinunter den Ausguß. Wir bauen jetzt eine Welt, die nur den Raben gehören soll. *Salud!*«

Er stellte einen bis zum Rand gefüllten schäumenden Becher mit Champagner auf die steinerne Stufe. Der Rabe tauchte dankbar seinen Schnabel ein.

»Ich muß mich für den Schampus entschuldigen«, fuhr Gabriel fort und nahm selbst einen herzhaften Schluck. »Veuve Clicquot, kein besonderer Jahrgang. Und warm. Immerhin nicht unangenehm, hoffe ich ... Wo war ich? Ah ja, Gefiederter, du solltest mir dankbar sein. Wir – das heißt ich und ein paar Milliarden anderer todgeweihter Mitglieder meiner Spezies – schicken uns an, uns selbst unter den Teppich zu kehren. Es besteht durchaus die Möglichkeit, daß der letzte Walzer etwas laut wird. Aber nach der Sintflut – du. Und all die anderen schlauen, schwachköpfigen Geschöpfe, die weder die Gelegenheit noch die Neigung hatten, die natürliche Ordnung der Dinge zu stören. Noch mal Champagner?«

»Kronk«, sagte der Rabe.

Gabriel füllte beide Becher nach.

»Trotzdem habe ich entdeckt, wie es war, wenn man liebt«, sinnierte er. »Und wer zuletzt liebt, liebt am lautesten. Vogel, ich habe laut geliebt. Laß uns darauf trinken.«

Der Rabe, der wohl ebenfalls den Anlaß begießenswert fand, tauchte erneut den Schnabel ein.

»Vielleicht habe ich als Bücherskulpteur nicht viel getaugt«, fuhr Gabriel fort, »aber ich bin eine Art Experte für Genozid mit Verzögerungszünder geworden. Es war natürlich nicht so geplant, aber ich will dich nicht mit Einzelheiten langweilen ... *Prost,*

Grüß Gott, à votre santé und bottoms up!«

Er leerte den Becher Champagner in einem Zug. Der Rabe starrte ihn bewundernd an.

»Ich will dir Gabriels Gesetz erklären«, sagte Gabriel und füllte seinen Becher aufs neue. »Wer auch immer die Menschheit retten will, wird dabei Mist bauen. *Salud!«*

Der Rabe trank gehorsam.

»Und jetzt«, verkündete Gabriel, »ehe ich mein bißchen Verstand versoffen habe und während ich noch ein Stimulans ohne besonderen Jahrgang genießen kann, werde ich ein vorübrgehendes Loch in das machen, was man im Scherz die Wasser der Themse nennen könnte. Dir, lieber Trinkgenosse, vermache ich den Rest des Gesöffs. Mögest du mich mit einiger Zuneigung in Erinnerung behalten, und möge dir das Schlimmste erspart bleiben. Paß auf Albert auf. Er hat nie viel gesagt, aber ich habe das Gefühl, daß er spirituell bei uns war . . . Und jetzt: jener gloriose letzte Satz! Für mich gibt es nur einen Ausweg.«

»Kronk«, sagte der Rabe pathetisch. »Kronk, kronk, kronk.« Er flatterte unsicher mit den Flügeln und musterte ihn weise.

Gabriel erwiderte den Blick des Rabens. »Was ist das für Unsinn? Ein anderer Ausweg? Du lügst, du aufgeplusterter Vogel. Sag mir, daß du lügst!«

»Kronk«, sagte der Rabe und schüttelte den Kopf. »Kronk . . . kronk . . . kronk.«

Gabriel starrte den Vogel an. Dann schenkte er sich frischen Champagner ein, leerte den Becher und starrte den Vogel erneut an. Der Rabe wich seinem Blick nicht aus. Er blinzelte auch nicht.

»Ha!« rief Gabriel schließlich aus. »Heureka! Ich hab's! Und jetzt weiß ich auch, wie Wilhelm Tell die Schwerkraft entdeckt hat. Noch nicht alles verloren, nicht wahr, *mon vieux*? Das hast du mir zu sagen versucht, und du hattest recht, es zu versuchen. Und jetzt weiß ich es. Supertyp ist zwar ein Witzbold, aber barmherzig. Ich hatte einen Grund zum Sterben, und jetzt habe ich einen Grund zu leben. Und du hast ihn mir geliefert, du großzügiger gefiederter Narr. *Salud!«*

»Kronk«, sagte der Rabe.

Mann und Vogel tranken lang und tief.

»Und so werde ich, statt ein Loch in die Themse zu machen«, fuhr Gabriel fort, »zu MikroKrieg gehen und es ihnen sagen. Dann werden sie es Amerika, Rußland, etcetera sagen, und bald darauf werden sich die Wissenschaftler der Welt vereint darum bemühen, ein Gegenmittel für P 939 zu finden. Eustace Greylaw war kein Genie. Was er tat, können eine Million Eierköpfe ungeschehen machen. Heureka! Kümmere dich um den Schampus, Kumpel. Viel Spaß. Ich komme wieder. *Salud!*«

»Kronk«, sagte der Rabe.

Gabriel taumelte die vielen Stufen des Albert Memorial hinunter. Er nahm seine Umwelt nicht mehr wahr und war von einem Gefühl schrecklicher Dringlichkeit erfüllt. Ehe er in alkoholischen Stumpfsinn verfallen, an einer plötzlichen Herzattacke sterben, stürzen und sich den Hals brechen, aus Versehen in die Themse fallen und dort ertrinken oder auf der Straße ums Leben kommen würde, mußte er MikroKrieg erreichen und ihnen alles sagen. Dann würde die U.S.-Kavallerie über den Hügel reiten, die Heldin würde von den Fesseln gelöst werden, mit denen sie an die Eisenbahnschienen gebunden war, der Geheimagent würde nicht im Keller ertrinken. Und alles würde gut sein.

Unglücklicherweise vergaß Gabriel, daß alle Chancen gegen ihn standen. So war das immmer gewesen. Unglücklicherweise vergaß er, daß Supertyp – falls es wirklich einen Supertyp gibt – einen sehr seltsamen Humor hatte, einen Humor, der die Phantasie der Menschen überstieg. Unglücklicherweise vergaß Gabriel, daß Straßen dafür bestimmt sind, vom Verkehr benutzt zu werden, und daß Leute mit lebenswichtiger Mission nicht versuchen sollten, die Knightsbridge in einem Zustand unvorsichtiger Exaltiertheit zu überqueren.

Der Schwebeschlitten fuhr mit hoher Geschwindigkeit. Er traf Gabriel mit hoher Geschwindigkeit. Er wurde von einem höchst erregten Bruder Peter gelenkt – falls man den Ausdruck verwenden will –, der versuchte, der Verfolgung seiner Manager, seiner Public-Relations-Berater und Buchhalter zu entkommen. Mit weltfremder Naivität hatte Bruder Peter die unverzeihliche Indiskretion begangen, in aller Öffentlichkeit darauf zu bestehen, daß sämtliche Gelder, welche von der P.U.L.-Bewegung angesammelt worden waren, dazu verwendet werden sollten, Windeln, Flaschen, Höschen und homogenisierte Milch für einhundert Millionen verhungernder chinesischer Babies zu kaufen.

Der Schwebeschlitten traf Gabriel an der Seite und drehte ihn dreimal um seine Achse und stieß ihn dann wie eine zerdrückte Gliederpuppe in den Rinnstein. Präzise den Newtonschen Bewegungsgesetzen gehorchend, vollführte auch Bruder Peter drei Saltos in der Luft und fiel aufs Gesicht. Beide Männer waren lebensgefährlich verletzt.

Gabriel war noch bei Bewußtsein. Die Welt war von Donner erfüllt. Oder war es Gelächter? Höchstwahrscheinlich Gelächter. Der Supertyp hatte seinen Spaß.

Gabriel bemerkte, daß jemand auf ihn zukroch, ein Mann, den er glaubte kennen zu müssen, aber nicht kannte. Vielleicht kam der Typ, um ihm zu helfen, obwohl Gabriel irgendwie bereits wußte, daß bei ihm jede Hilfe zu spät kam.

Trotzdem streckte er, weil die Natur des Menschen unglaublich dumm und sentimental ist, die Hand aus. Von Schmerzen erfüllt, ganz langsam, zerrte sich, kroch, zwang sich der andere Mann mit schierer Willenskraft vorwärts. Auch er streckte die Hand aus.

Die Hände berührten sich.

»Ich bringe dir«, würgte Bruder Peter und erstickte an seinem eigenen Blut, »die Botschaft der Perfekten Universalen Liebe.«

Gabriel blickte auf. Plötzlich wußte er, daß der Donner wirklich Gelächter war. Und er wußte auch, woher das Gelächter kam.

Mit unsäglicher Mühe schaffte er es, Bruder Peters Hand zu ergreifen und festzuhalten. Es gab eine kurze Aufwallung von Verwandtschaft, ein Flackern der Brüderschaft.

Und dann starb Gabriel . . .

Lachend!